很多年后，无论他们中的谁回忆起这一天，都觉得这个困大雨停留的下午，格外美好。

默契公式

MO QI

GONG SHI

松子茶 著

长江出版社
CHANGJIANG PRESS

图书在版编目（CIP）数据

默契公式／松子茶著.—武汉：长江出版社，
2023.12
ISBN 978-7-5492-9274-5

Ⅰ.①默… Ⅱ.①松… Ⅲ.①长篇小说－中国－当代
Ⅳ.① I247.5

中国国家版本馆 CIP 数据核字（2023）第 239161 号

默契公式　松子茶　著
MOQI GONGSHI

出　　版	长江出版社
	（武汉市解放大道1863号）
选题策划	阿　朱　靳　丽
市场发行	长江出版社发行部
网　　址	http://www.cjpress.com.cn
责任编辑	陈　辉
封面设计	recns
印　　刷	长沙鸿发印务实业有限公司
版　　次	2024年1月第1版
印　　次	2024年1月第1次印刷
开　　本	880mm×1230mm　1/32
印　　张	9
字　　数	200千字
书　　号	ISBN 978-7-5492-9274-5
定　　价	54.80元

版权所有，翻版必究。如有质量问题，请联系本社退换。
电话：027-82926557（总编室）　027-82926806（市场营销部）

目 录
CONTENTS

Chapter 01
又冒充我哥 /001
又冒充我哥,这笔账先记下了。

Chapter 02
关爱同学 /011
"没什么,我就喊你一下。"

Chapter 03
宿舍风波 /025
"老陆,要是非让我搬宿舍怎么办?"
"要真那样,我们就办走读。"

Chapter 04
林家全是宠弟"狂魔" /047
为什么不能学学他,从来没惯过陆清岩。

Chapter 05
稀有级别保护动物 /063
"主要是你比较稀有,懂吗?"陆清岩试图安慰他,"大熊猫级别的保护动物。"

Chapter 06
一致对外 /085
"老陆可以全权代表我。"

Chapter 07
烦心事 /105
偌大的一个天台,塞了两个心烦意乱的人。

Chapter 08
元旦跨年行动 /121
"老陆,你说元旦的时候会下雪吗?鹅毛大雪那种。"
"会的,一定会有大雪。"

Chapter 09
理智的冷战 /151
他心里还是觉得,陆清岩一向惯着他,不会为这种事情就跟他翻脸。

Chapter 10
抛硬币 /169
他闭着眼睛一抛,硬币落在掌心里,是正面。

Chapter 11
时差快递 /187
"我给你快递了一个死党,你要不要?"
"要。"

Chapter 12
黑历史 /207
照片上,他和陆清岩都面无表情,陪着一帮小孩玩过家家。

Chapter 13
都是画夹惹的祸 /229
不是每个人都有幸能看见自己穿奇装异服的样子，但是陆清岩可以。

Chapter 14
检讨书 /247
"检讨会写吗？先写个八百字。"

Chapter 15
年年岁岁如今日 /261
很多年后，无论他们中的谁回忆起这一天，都觉得这个因大雨停留的下午，平淡无奇，却格外美好。

新增番外
独一无二 /269
"我不会拿你去与任何人比较。"

Chapter 01
又冒充我哥

又冒充我哥,这笔账先记下了。

陆清岩接到林佑电话的时候才刚起床。他披了一件黑色的睡袍,懒洋洋地站在厨房里煮泡面。

他今年才十七岁,身高却突破了一米八五。金色的阳光从厨房窗户里透进来,照在他身上,黑色的睡袍乱七八糟地扣着。他身形高大结实,即使是打着哈欠煮泡面,也像在摄影棚里拍写真。

他接到林佑电话的时候也没多想,还以为是来约自己打球,正准备让林佑等自己一会儿,却听见林佑在那边虚弱地说:"老陆,江湖救急,我好像发烧了,起不来了,你快滚过来送我去医院。"

陆清岩不由得一愣。

依照他对林佑的了解,如果不是真的烧到起不来床,林佑绝不可能这么哼哼唧唧地向他求助。

陆清岩当机立断关了火:"你等我过来。"

他也顾不上换什么衣服,随便拿了一件黑色外套穿着,套上牛仔裤就出门了。好在林佑家就在他家对面,走过去不过五分钟。

陆清岩走到林佑家二楼时便加快了步伐,三步并作两步来到了林佑的卧室门口。他推开了卧室的大门,快步往床边走去,只见林佑躺在床上,用被子把自己裹成了一个球。

陆清岩低头看了一眼,不由得吓了一跳。

林佑整张脸都带着不正常的红色,嘴唇干燥,乌黑的头发都被汗黏在了脸上,一双眼睛也是湿润的,虚弱得像是连手指都抬不起来。

他整个人都缩在被子里,看见陆清岩来了,一点儿也不见外地把手从被子里挣脱出来,示意陆轻言赶紧搭把手:"快点儿送我去医院。"

"你怎么烧成这样?"陆清岩嘀咕道,然后一把把林佑从被子里拖出来,扶着人下床。

林佑身上也都是汗,体温高得不像话。

他只穿了一件白色的T恤和短裤,露出白生生的手腕和脚踝,配上那张单纯的脸,看上去像是比陆清岩小了好几岁,一点儿也看不出平时会像个泼猴一样上蹿下跳。

林佑是想自己下来走的,但是脚一挨地,怎么站都站不住。好在陆清岩一直看着他,赶紧把人扶稳。

林佑咳嗽了几声,虚弱地道:"我也不知道怎么了,昨天就开始咳嗽、发烧,我以为能扛过去。"

要不是一起床症状就加重了,他也不会喊陆清岩过来。他本来就皮实,小时候发烧都三十九摄氏度了还惦记着去游泳。

陆清岩知道林佑有多倔,他现在这么虚弱,肯定是已经难受得不行了。陆清岩也没多想,背起林佑就往楼下走,看林佑满脸不甘的样子,没忍住笑了笑,说:"别挣扎了,我刚叫了车,就在楼下,现在就带你去医院。"

林佑无语,想他威震晋南高中的林哥,居然会因为生病沦落到被人背着走,说出去未免太掉面子了。

他有气无力地威胁道:"我告诉你,你要是敢把我今天的情况说出去,你就完了,揍你三顿都算轻的。"

陆清岩嘲讽道:"你也得先有力气揍我。"

陆清岩和林佑拌了几句嘴就走到了楼下,出租车在等着了。

陆清岩先把林佑在后座上放好,然后才钻进去:"师傅,去市一医院。"

师傅打了计价表,通过后视镜看到了林佑被烧得红扑扑的脸蛋,又见他长得白皙可爱,"哟"了一声,问:"这小朋友怎么了,生病了?"

"小朋友"这三个字直接刺激了林佑脆弱的自尊心。他气呼呼地想要反驳,但还没来得及说话,就一阵咳嗽。

陆清岩憋笑:"对,师傅麻烦开快点儿,这小朋友难受得很。"

"好嘞。"师傅说道。

林佑一边咳嗽一边捶了陆清岩一下。

好在很快就到市一医院了，陆清岩匆匆付了车费，便扛着林佑下了车。

陆清岩挂的是急诊，也算他们幸运，这天医院里人不算多，很快就排到了他们。

五分钟后就轮到林佑了。

林佑还是腿软得站不起来，陆清岩不顾他的抗议，直接把人背进了急诊室。

急诊科的医生是个年轻的男人，看了林佑一眼。

陆清岩说道："医生，他发烧了，烧得特别厉害，还一直在咳嗽。"

"你等一下，"医生给林佑量了量体温，又量了一下血压，很快开出了一堆检查单，说，"先去做检测。"

陆清岩望着那堆检查单，不由得紧张起来，问："医生，这是怎么了，他不是发烧吗？"

"不排除其他的可能性，要做一些检查才能确定。"医生把检测单递给了陆清岩，"去缴费，然后检查，检查结果出来再找我。"

这下子连林佑都慌起来了，心想不会要打针吧。

说来也是丢人，他平常看着天不怕地不怕，却有点儿恐惧针头，小时候打疫苗要么哭天喊地地躲在姐姐怀里不肯出来，要么就是让陆清岩陪着打。

医生打量了一下陆清岩，这个年轻男生即使坐在椅子上，也能看得出肩宽腿长，身高远超这个年纪男生身高的平均线。

他五官分明，长相英俊又带有一种侵略性，像一只懒洋洋的豹子，看上去安静，实则危险。

现在的年轻人发育可真好，医生感叹。

"不用害怕，只是怀疑是肺炎，先检查再说。"医生道，"就算真的是肺炎，只要配合治疗就没事了。"

林佑迷迷糊糊地抬起头。

"谁是家长？"医生看林佑又累又咳嗽，小脸烧得通红，生出恻隐之心，见只有陆清岩陪着，奇怪地问道，"只有你陪同他吗？"

"我是他哥。"

陆清岩扶着林佑站了起来，比医生还要高一个头，看上去颇为可靠："有什么事跟我说就行。"

林佑一出门，便对着陆清岩悄悄地翻了一个白眼。

——又冒充我哥，这笔账先记下了。

陆清岩陪林佑一起去医院的三楼做检查，这里和楼下一样人满为患，到处都是说话声，医生护士穿行其中，病人们拿着检测单，或焦急或忧虑。

林佑从小就身体好，还是第一次进来这里，忍不住忐忑起来，下意识地去搜寻陆清岩。

在这个偌大的医院里，他只认识陆清岩，和他从小一起长大，陆清岩是他最好的兄弟。

陆清岩没和林佑多说什么，只是安抚性地看了他一眼，宽慰道:"我在外头等你,别怕。"

然后陆清岩看着林佑被推进屋子里做检查。

在等待的过程中,陆清岩坐在外头的椅子上。

过了片刻,一个护士从屋子里出来,看见陆清岩独自坐在外面,问:"你是林佑的哥哥,对吗?那你通知父母了没有?"

陆清岩这才想起,他忘了告诉林佑的爸妈。

"刚刚忙忘了,我马上就告诉他们。"陆清岩对这个护士笑了一下,"不过林佑的爸妈现在在出差,哥哥和姐姐也在外地上大学,可能来不及赶过来,有什么事情你们先告诉我行吗?"

护士打量了陆清岩一眼,这个男孩有种超越他年龄的成熟和稳重,完全不像个十七岁的少年。

"检查结果和注意事项我们肯定会告诉你的,"护士说。她有点儿好奇地看着陆清岩,问,"听你的意思,你不是林佑的亲哥?"

"我是林佑的邻居,和他从小就在一起,也算他哥哥。"陆清岩随口回答道,"我们连出生都在一个医院,没分开过。"

他跟林佑只差了四个月,林佑出生没多久,就被抱到了他的小婴儿床里,两个人头挨着头一起睡觉。

后来的小学、初中、高中,他们一直同班,两个人同进同出,不是亲兄弟却胜似亲兄弟。

林佑小时候经常跟在陆清岩身后,小跟屁虫似的,一块蛋糕也要跟他分一半,奶声奶气地跟在他后面叫哥哥,乖得不行,也就是现在叛逆期到了,不服管了,有事没事总要噎他两句。

陆清岩想想,还觉得挺遗憾的。

Chapter 02
关爱同学

"没什么,我就喊你一下。"

又坐了五分钟，陆清岩组织了一下语言，开始给林佑的爸妈打电话。

林佑的爸妈都是跨国公司的高层，一年到头忙得不见踪影，好在他们跟陆家爸妈关系好又是邻居，林佑有一半时间都是托付给陆家照顾了。

电话很快就接通了，林佑的妈妈叫蒋念，一看是陆清岩的来电就明白肯定是和自己儿子有关。

"清岩，怎么了？是不是小佑有什么事？"蒋念问。

陆清岩沉默了一下，有点儿不知道怎么开口。

"阿姨，林佑发烧了，烧得有点儿严重，我把他送来医院了。"陆清岩往做检查的那屋子看了一眼，林佑还在里面。

蒋念吃惊得说不出话来，定了定神才问："林佑还好吗，他没事吧？"

"林佑还在做检查，目前没什么事。阿姨，你别担心，我待会儿会让我爸妈过来一下，你和叔叔不用急着回来。有什么事情，我会第一时间通知你们。"

陆清岩话语中的镇定让蒋念稍微放心了一点儿。她和林爸现在都在出差,离家又远,就算赶回去也要七八个小时。

"我们把这边的事交接一下就赶回来。清岩,这次又麻烦你和你爸妈了,阿姨先谢谢你。待会儿我和你爸妈通个电话。"

"阿姨,你跟我们不用客气。那我就在这儿守着林佑,有什么事情我们电话联系。"

陆清岩又跟蒋念说了几句才挂了电话。

他又给自己爸妈分别打了一个电话,解释清楚情况,让他们一有空就赶紧过来。

把每个人都通知到了,他才重新坐回位子,像尊雕塑一样守在那里,等着林佑出来。

两个多小时后,林佑的全部检查才结束。最终结果显示,他是支气管肺炎,需要住院治疗。

林佑对此一脸蒙,他不可思议地问护士:"我为什么会得这个病?"

护士姐姐笑道:"这有很多可能,最常见的就是细菌感染,也许是你最近免疫力下降了。没关系的,你乖乖配合,很快就可以出院。"

林佑郁闷地点了点头。

他换上医院的病号服,因为病号服过于宽大,显得他更加清瘦。他乖乖地坐在床上,倒是惹得护士有点儿爱心泛滥。

陆清岩问医生:"医生,请问还有别的需要注意吗?"

"没什么大事,配合吃药就好,观察几天没问题就可以出院。"交代了几句之后,医生准备去其他病房查房。

临走前他叮嘱林佑:"乖乖休息,别乱跑。"

等医生走了之后,病房里彻底陷入平静。

这是单人病房,屋子里只有林佑和陆清岩,两个人面面相觑,过了好一会儿,谁都没说话。

陆清岩盯着林佑的脸。

其实林佑的长相精致秀气,眼睛乌黑,睫毛又长又密,很容易被误认为是个乖孩子。

但他跟陆清岩一样,揍人从不手软,打遍学校无敌手,标准的面白心黑。慢慢地,没人敢看轻他,大家转而尊称林佑一声"林哥"。

现在林哥却只能病恹恹地躺着,林佑性格要强,想也知道他有多不痛快。

陆清岩盯着林佑那阴沉沉的脸,没什么能安慰的,只能叹了一口气,拍了拍他的肩膀说:"又不是什么大事,等你病好了,还是'浪里小白龙'。"

林佑听到这儿,没忍住笑了一下,病房里的气氛总算轻松了一点儿。

"你想睡觉吗?"陆清岩问他,"要是难受,你就先睡一会儿,等你醒了再带你吃饭。"

林佑躺在靠枕上摇了摇头。

软绵绵的靠枕是白色的,越发衬得他皮肤白皙,头发浓黑。

他用手指扒拉着被子上的纽扣,像在想什么事情,过一会儿才咕哝道:"你告诉我爸妈了没?"

他说完这句话,又抿住了嘴,神色带着一点倔强,像是随便一问。

但陆清岩明白他的心思。

林佑的爸妈常年在外,虽然关心他,但很多时候没法儿陪在他身边。他虽然看着大大咧咧的,但心里也会在意。

陆清岩帮林佑掖了掖被子,随意地回道:"我给他们打电话了,他们会赶过来。他们知道你生病,担心得不得了。"

林佑绷着脸,"哦"了一声,但心里却高兴了几分。

陆清岩看了看外头的天色,快到吃晚饭的时候了:"说吧,要吃什么,我去给你买。"

"买个粉丝汤和生煎包吧,我今天没什么胃口。"林佑倒在枕头上,指挥陆清岩指挥得非常熟练。

陆清岩心想自己这是供了一个祖宗,身体却自然地站了起来,准备去食堂。

陆清岩熟练地对食堂的大妈说:"一份粉丝汤、一份生煎包,粉丝汤里不要葱,加一勺辣。"

吃完晚饭后,陆清岩的爸妈都赶了过来,又过了三个小时,林佑的爸妈也急急忙忙地赶过来了,四个大人抓着林佑上看下看,确认他真的没有哪里不适才放下心来。

此时,林佑在吃苹果,苹果是陆清岩削的。

蒋念一路都在担心儿子，支气管肺炎听着不太要紧，但怎么也比发烧感冒严重多了。

等她真的见到儿子了，却发现林佑虽然病恹恹的，但精神还很不错，还能歪在病床上挑三拣四的，嫌弃陆清岩削的苹果不好看。

林佑看见爸妈来了，立刻哼哼唧唧地撒娇："妈，我吃药吃得嘴苦，医院的饭好难吃。"

他妈拍了他一巴掌："不要挑三拣四的，医院给你治病尽心就够好了。"

林佑不服气地撇了撇嘴。他背靠在床头，借着枕头当个支撑点，咕哝道："你怎么一来就训我，还不如老陆对我好。"

他不说还好，一说他妈又拍他："你还知道，你多大了，陆清岩多大？你就比清岩小四个月，活脱脱像小了十四岁，人家比你稳重多了，你就知道支使清岩。"

林佑噘嘴抗议："老陆都没意见，蒋念女士你不要搞分裂。"

蒋念被这糟心儿子气得想翻白眼。

陆清岩的妈妈柳露倒是笑呵呵的。她和蒋念是从小一起长大的闺密，林佑又一直在她家长大，看林佑就跟看半个儿子差不多。

陆清岩本就比林佑大一点，说是半个哥哥完全不为过，照顾也是应该的。

几个人坐在一块儿聊了一会儿天。

蒋念虽然心疼儿子，但难得见面，不免又问了问林佑的学习进度。

林佑的成绩一向不错，经常在年级前十和前几十里面晃悠。他缺乏强烈的争胜之心，完全没有想要更进一步。

蒋念轻轻地弹了一下儿子的额头："别一天天就想着玩了，你都高二了，多用点心思在学习上，别让我找到机会揍你。"

林佑心想，你也得有空回来揍我。

他爸妈天天忙得脚不沾地的，一个月都见不到一次，哪里有空揍他？他不是留守儿童，却胜似留守儿童，多亏他从小在陆清岩家长大，跟陆清岩打打闹闹，才长得这么健康。

但他想了想，没说心里话，懒洋洋地应了一声："知道了。"

医院周末的探视时间是早上八点到晚上十点。

十点钟到了，林佑的爸妈本来是想留下来陪他的，结果林佑挥了挥手："你们都回去吧，老陆陪我就行，赶了一天的路你们不累吗？"

林佑爸妈不太同意，还想商量两句。哪有父母在这儿，却麻烦邻居家孩子的？

陆清岩却已经自觉地去铺另一个床上的被子了，劝道："叔叔阿姨，你们回去休息吧，小佑有我看着，明天一切都好就可以出院了。"

陆家爸妈也把他们往外拉，说："别担心，清岩一向跟小佑关系好，他照顾林佑也习惯了，两个男生方便点儿。"

林佑爸妈想了想，便没再坚持。

真要论起来,陆清岩陪着林佑的时间比他们多多了。

其他人走了以后,林佑趴在床上玩了一会儿手机,陆清岩在旁边写完了两人份的作业。

今天是周六,第二天周日,后天就得回学校了,这一天过得手忙脚乱,谁也没顾得上作业。陆清岩还是刚刚看见班级群里有人问英语作业,才想起这事。

林佑满床打滚不肯写作业。其实他的成绩很好,就是今天实在太累就犯懒了。

陆清岩无奈地说道:"下不为例。"

陆清岩是年级前三的常驻人员,半小时写一张卷子对他而言根本不算什么,甚至还能抽空回复群里的消息。

班级群里十分热闹,有人问林佑怎么没冒头,以前他最活跃了。

陆清岩看了正在玩手游的林佑一眼。

林佑穿着病号服趴在床上,两条小腿在空中晃来晃去,宽大的裤管从脚踝上掉下来。他两只眼睛都盯着手机,看上去没心没肺的。

林佑没跟别人说自己生病的事情,快速地打字回复:"我这不就出来了吗?怎么,一日不见如隔三秋,想我了吗?"

他一冒头,群里更加热闹,一个个冲他砸臭鸡蛋的特效,笑他自恋。

陆清岩望着班级群里的"盛况",忍不住笑了笑。

林佑一向人缘好,从幼儿园开始就是这样,班里谁都喜欢他，谁都能跟他搭上两句。他看上去是个小皮猴，总是吵吵闹闹的，却偏偏这样讨人喜欢。

小时候陆清岩陪林佑出去，总要格外提防，生怕哪个大人逗林佑逗得开心，顺手就把人抱走了。

无论林佑有多少朋友，他们从小长大的情谊总是不一样的。无论谁问起林佑，林佑总是大大咧咧说，陆清岩是他最好的哥们儿。

想到这儿，陆清岩把自己的英语卷子翻开一页，轻声笑了笑。

林佑打了一会儿字，跟班里人闹了几句就觉得累了，找了一个借口又下线了。

晚上，林佑跟陆清岩睡得都不算早。

林佑在床上翻了会儿，还是睡不着。

他从被子里探出头，看了看对面床的陆清岩，陆清岩的眼睛也闭着，但他知道陆清岩没睡。

"陆清岩。"他低声喊道。

"嗯？"陆清岩闭着眼睛应了一声。

听到陆清岩回自己，林佑不知怎么就安心了："没什么，我就喊你一下。"

林佑身体素质好，只在医院住了五天。第五天，经过医生的检查，林佑确定身体无碍，可以出院了。

除了最开始的两天，其实他也不需要陪护，按时吃药检查就好,但是陆清岩还是会下了课就来陪他。

连护士和医生都要称赞他一句有耐心。

"你哥哥对你真好。"护士笑道,"这下子你总算可以出院了。"

林佑叼着陆清岩买的牛奶,眼睛转了转,也没反驳。

检查出院后,林佑就乖乖跟陆清岩一起回去上课了。

他们的高中是全市最好的私立学校,虽说是私立学校,教学却一点儿都没有松懈。林佑一个礼拜没来学校,班里的人早就知道他生病了。

等他从门口晃晃悠悠进来的时候,全班的视线一下子集中在了他的身上,看着他坐到了陆清岩的身边。

林佑从课桌里拿出英语书,摊在桌上。他靠在座位上,懒洋洋地扫了周围一眼:"看什么看,没见过我?"

这一声顿时像一滴水落进了热油锅里,整个班都炸开了。

"林哥,你怎么就生病了呢?"

"你一个礼拜都没来,吓死我了,还以为你怎么了?"

"你是什么病,严重吗?"

…………

林佑掏了掏耳朵,卷起书在桌上敲了三下:"静一静,有问题一个一个来。"

他自认为相当有大佬风范,结果第一个问题就让他险些摔下来。

说话的是坐在旁边一组的叶楠山。他瞧着林佑依旧苍白的小脸和嘴唇，咂舌道："林哥，你现在看着跟林黛玉似的，我都不敢跟你闹了，怕你下一秒倒过去。"

林佑不爽地看了他一眼："你是不是找打？"

"哪有，我们这叫关爱同学。"接话的是坐在前面的白鹭。

她和林佑一直关系不错，平常两个人也经常嘻嘻哈哈的，她瞧着林佑，唏嘘不已："平常看你挺生龙活虎的，这么一生病，倒是柔弱了几分。你的身体是不是还没好？"

林佑被他们这反应弄得有些无语。不过他的身体也确实没完全好。

虽说他无大碍了，但医院还是配了药，叮嘱他再吃几天，注意保暖和休息。

不过林佑撇了撇嘴，并不放在心上。

"我没什么事，你们别一惊一乍的，"林佑说，"该干吗干吗去。我早就好了。"

他好强惯了，虽然知道别人是关心他，但他不喜欢被人当作什么娇贵的物种，特别呵护。

只有陆清岩，因为是竹马，因为他们从小一起长大，什么丢面子的事情对方都见过，他才能心安理得享受对方的照顾。

大家又抓着林佑问了几句，上课铃就响了，围在林佑桌边的人一哄而散，教室里又重新安静下来。

英语老师走到了台上，让同学们翻到第三单元。

林佑在桌子底下踢了踢陆清岩。

陆清岩看过去。

林佑笑起来，露出小虎牙："老陆，我发现你可真好。"

陆清岩面无表情地看了林佑两眼，提醒他："翻书，讲到第112页。"

这天下课的时候，高二（一）班外头总晃荡着其他班的同学，像是不经意路过，但是他们却不由自主地看向高二（一）班的最后一排那个趴着睡觉的身影。

原因无他，林佑在学校一向受欢迎，虽然他自己并不知道。

之前他一个礼拜没在学校，许多人都挺在意的，如今好不容易过来了，他们打着借书的名义，顺路看一眼。

但林佑不知道。他发现窗外晃着几个人，却又不进来，下意识推开窗户问："同学，有事吗？"

他刚睡醒，几根头发乱翘着，阳光下带点儿棕色的眼睛，琥珀一样温润漂亮，十足的英气少年。

窗边的人胡乱找了一个借口："我，我想借一下你们班英语卷子。"

英语卷子。

林佑挠了挠头，从桌肚子里掏出一张试卷，直接递给了对方："喏，拿着吧，记得还我。"

说完，他又趴桌上睡着了。

那个外班的同学拿着他的卷子，盯着他看了好一会儿。

"其实林佑人还挺好的，"那个外班的同学小声跟朋友嘀咕，"脾气也没有传闻里那么大嘛。"

外面传闻，林佑脾气躁，性子强，没少和人打架，一言不合就抄桌子。但这个外班同学却发现他的性格挺和气的，跟那副白净清秀的外表挺配。

其他几个人没说话，却都跟着点头。

这些暗地里关于林佑的讨论林佑是不知道的，也没有精力去关注。

他正忙着和班主任据理力争——凭什么他和陆清岩不能同宿舍？！

Chapter 03
宿舍风波

"老陆,要是非让我搬宿舍怎么办?"
"要真那样,我们就办走读。"

晋南高中的学生到了高二都是住校的,周末才回家。

之前开学,住宿事宜暂时还没有落实。如今,已经过去半个月了,学校就开始着手安排宿舍了,决定宿舍名单的人自然是班主任。

林佑对此接受良好,他以为他跟陆清岩的关系这么好,自然会分在一起。

结果名单出来以后,林佑跟叶楠山和另外两个同学在一个宿舍,陆清岩直接被安排在了另一栋楼。

林佑知道后顿时就炸了,直接冲到了班主任的办公室,软磨硬泡表示抗议。

他们班主任,本名蔡国。有一回他说漏嘴,暴露了自己的小名叫蔡小锅之后,高二(一)班所有人都开始喊他蔡小锅。

他是教语文的,人挺好,但是性格相当严厉。

林佑十次迟到有八次都是栽在他手里,常年被罚站在走廊读书。

自从蔡小锅发现林佑在走廊也能打瞌睡以后,就把人拎到自己眼皮子底下来抽背。

蔡小锅喝了一口菊花茶，眯起眼睛看了看林佑，慢悠悠地说道："分配宿舍当然是看老师安排，你还想指定室友，当学校是你家？"

林佑也不怕老师。陆清岩跟他一起来的，他们两排排坐在一块儿，一看就统一了战线。

蔡小锅嘴硬心软，看上去严格到不近人情，其实对他们这些学生上心负责，是个好老师。

"蔡老师，我跟陆清岩从小就住一块儿，分开来我不习惯，"林佑满脸诚恳，"我幼儿园，哦，不，刚出生就跟他住一块儿，比亲兄弟还亲。"

蔡小锅冷笑一声："就是知道你们比亲兄弟还亲，我才不同意的。"

他放下菊花茶，语重心长道："你这成绩本来就忽上忽下的，好一点呢，你考个年级前三名，不好的时候，就年级二十五名。让你跟陆清岩一个宿舍，你还不成天没心思学习，只想找他玩？到时候连陆清岩都被你拐歪了。"

蔡小锅说着又看了看一旁的陆清岩，这可是稳扎稳打的年级前三。

不过蔡小锅也不是完全不通情达理，考虑到林佑刚大病一场，想了想又道："学校其实有单间，你要是住不惯多人的，可以去申请单间。"

但林佑不想住单间，他可怜巴巴地看着蔡小锅，说出的话却铿锵有力:"我就要跟陆清岩一个宿舍。"

熊孩子本性暴露无遗。

蔡小锅看得手痒,本能地想去找他的教鞭。

最后,还是陆清岩开口了。

"老师,林佑前阵子身体不太好,跟我住一起,我能方便照顾他。"陆清岩一说话,就显得比林佑稳重多了,"你怕他不认真学习,这没事。平常在家就是我看着他的,住一个宿舍,我还是会盯着他的,不会让他成绩退步的。"

蔡小锅眉梢微动。

林佑也乖觉,立马跟上。他狠狠心,咬牙道:"我保证下次能进年级前五名。"

这听着还像话。

蔡小锅在林佑跟陆清岩的脸上瞄了瞄。其实当老师的,无非是希望学生成绩能好一点。

"那我考虑考虑,你们先回去上课吧。"

二人从蔡小锅办公室出来,回了教室,还是自习时间。

林佑往椅子上一摊,往嘴里塞了一颗糖。他含混不清地问陆清岩:"老陆,学校要是非让我搬宿舍怎么办?我不想跟你分开住。"

陆清岩一点都不担心:"要真那样,我们就办走读,住学校外面。"

林佑一听,顿时放下心来,嘎吱嘎吱地咬着糖块,还跟陆清岩嘀咕他喜欢草莓味的,下次多买点儿草莓的。

第二天早自习的时候,蔡小锅缓步走过来告诉林佑跟陆清岩,他们可以住在一个宿舍,但是因为他们申请晚了,双人间不够了,他们得搬到交换生那栋公寓去。

晋南一直有和国外交换学生的传统,每两年会有一批学生过来,安排在南边的公寓里。

现在交换生还没来,南楼的房间又是两室一厅的结构,陆清岩和林佑可以一人一间房,共用一个客厅。这个宿舍条件还更好,只是住宿费稍微贵一点儿。

"你们考虑一下。"蔡小锅说。

这还用考虑吗?

林佑的眼睛转了转,看了一眼陆清岩。见陆清岩点头,他就笑眯眯地接受了。

晚上,陆清岩和林佑就搬进了新的宿舍。

这栋公寓楼里的房间本来不算多,但现在没有交换生,只零星地住着几个因为各种原因住进来的学生,都被安排在一楼和二楼。

搬宿舍的时候,林佑出去转了一圈,回来手里抱了一堆零食,都是隔壁的邻居们塞给他的。

陆清岩坐在客厅里组装一个置物架,林佑在他旁边一边吃零食,一边和他说这个宿舍楼里的人员配置:"我们旁边住了两个人,个子高的那个叫薛宜炘,是高三的,矮一点的叫唐棋,和我们同届,对门的两个好像是高一的,楼下一共住了六个人。"

他说话间,陆清岩已经把置物架安装好了。

"你看过自己的房间没有?"陆清岩问。

林佑的房间是左边的那一间。

林佑摇头,咔嚓啃了一口苹果。有陆清岩在,他一向不需要对这些事操心。

等把宿舍安顿好,时间也到了八点多。照理说该去上晚自习了,但林佑和陆清岩还没吃晚饭,两个人毫无心理负担地请了假,到后面的小吃街吃晚饭。

晚饭吃的是烧烤,林佑非要吃的。

吃的时候,他们隔壁桌坐的是两个女生,一个长发一个短发,看年纪是二十五六岁,长得都很漂亮,是那种成熟又性感的明艳女生,大概是在附近上班的。

这两个女生一边吃饭,一边时不时往林佑和陆清岩这桌上看几眼。

林佑一开始喜滋滋的,还戳了戳陆清岩,说道:"老陆,你说这两个姐姐是不是一直在看我?"

还挺自恋。

陆清岩看了林佑嘴边粘的芝麻粒一眼,递给他一张纸示意他擦擦嘴,毫不走心地敷衍道:"嗯,估计是。"

果然没两分钟,旁边的女生就真的转过头和他们搭讪了。

"小同学,"长头发的女生对林佑笑了一下,"我刚刚就一直想问你,你喷的是什么香水,像兰花,还挺好闻。"

那短发的女生更不见外，掐了一把林佑水嫩白皙的脸，说："你这皮肤也太好了，用的是什么护肤品呀？"

林佑长到这么大，连女孩子的小手都没牵过，突然就被成熟美艳的姐姐捏了脸，吓得他手里的烤肉都要掉了。

"没喷香水，"林佑干巴巴地回答道，"也没涂护肤品。"

被陆清岩他妈妈摁着擦过几次面霜算护肤吗？

那两个女生顿时有点儿可惜："唉，年轻就是好，十六七岁不涂护肤品也水灵灵的。"

她们看林佑动也不敢动的样子，笑嘻嘻地解释没有恶意，然后就跟他们说拜拜了。

林佑目送那两个女生走远，然后转头看着陆清岩。

陆清岩表面上看着没什么异样，神色冷静，但细看就会发现他的嘴角是绷着的。

林佑幽幽地说："想笑就笑吧。"

陆清岩的嘴角忍不住翘起来。

林佑郁闷得喝了两大杯可乐。

吃完晚饭，林佑本来要直接回学校，陆清岩却把他带到了旁边的药店里。

"你要买什么，感冒药吗？"林佑奇怪地问。

陆清岩从手机里翻出了备忘录，顺着架子挨个找。

"买点常用药，你有时候容易吃撑，要健胃消食片，还有感冒药、退热贴。有时候你作业写累了，还嚷着肩膀疼，这些东西都扔在家里，没有带过来，"陆清岩把药一个个往篮子里扔，又拿着维生素问林佑，"要哪种？"

林佑也蹲了下来。

"都行，要甜一点的，"他撑着下巴，笑嘻嘻地说道，"老陆，你好细心。"

陆清岩看了他一眼，嗤笑了一声，懒得接话。

他们买完东西，回到宿舍的时候快九点半了，隔壁宿舍的薛宜炘正好回来了，相互打了一个照面。

林佑的视线落在了薛宜炘手里那一袋子的蔬菜和肉上，好奇地问："你准备自己做饭吗？可是房间里没有厨房。"

薛宜炘推了推鼻梁上的眼镜。他皮肤很白，嘴唇颜色也淡，眼睛和睫毛却漆黑如墨，给人一种疏离的感觉，但他说出的话十分接地气。

"我准备做个火锅。"薛宜炘和他们解释道，"南楼的电比宿舍区的强，煮个火锅完全可以撑得住，你们下次也可以试试。"

薛宜炘想了想，又补充了一句："你们要吃吗？我买了挺多菜。"

林佑摇摇头："我和陆清岩刚吃了饭回来，不饿；但是你大摇大摆地拎这么多菜进来，门卫没拦你？"

薛宜炘的嘴角勾了勾，从口袋里拿出一个折叠好的巨大的购物袋——黑漆漆的布袋子，根本看不到袋子里的东西。

林佑懂了。

回到宿舍，他躺在沙发上，跟陆清岩说："我发现南楼住的人业余生活都挺丰富。下次我们也做火锅。"

陆清岩从柜子里拿了一瓶水，根本不信林佑会做火锅，最后从买菜到下锅都会是他一手包办。

"行了，快点去洗漱，"陆清岩拍拍林佑，催促他，"明天早上是蔡小锅看早自习，你要是迟到又得被抽背课文，我可不救你。"

林佑这会儿想起自己之前跟蔡小锅保证成绩排名会进入年级前五的事，便拿抱枕捂住了脸，幽怨地说道："小锅，我对你又爱又恨。"

蔡国是个认真负责的班主任。有次，林佑的语文退步了一点，他专门把人拎到办公室里分析了半个多小时的错题，也没骂人，只是让林佑下次努力。

平常，林佑上课睡觉之类的事，他就抓得比谁都勤快。

林佑就纳闷了，不服地道："为什么小锅从来不抓你？"

陆清岩看了他一眼，笑着说道："你这不是非要自己找刺激吗？我每次考试都稳定在年级前三名，但你一会儿晃到年级第二名，一会儿晃到年级第十名，上次还考到第三十七名了，把蔡国愁的。"

林佑好气，但又无法反驳，只能从沙发上爬下来去洗漱了。

他动作挺快，顶着湿漉漉的头发出来，拿毛巾擦一擦，就躺在沙发上继续打游戏。

陆清岩拿了吹风机给他让他吹头，然后去洗漱了。

他们这浴室和客厅一样，是共用的。林佑刚用过浴室，里头的水汽和热度都还没散，镜子上蒙着一层白色的水雾，林佑在上面画了一只丑丑的小鸭子。

有点幼稚，但是很有林佑的风格。

陆清岩的动作也不慢，洗漱完，跟林佑说了一会儿话就各自回房间睡了。

第二天早上，果然是蔡国看早自习。林佑跟陆清岩在蔡国的眼皮子底下，踩着上课铃声进了门。

蔡国看了林佑一眼，没说话。

林佑下意识打了一个激灵，想起了被抽背的恐惧。

他坐到座位上，跟陆清岩嘀咕："我怎么觉得蔡小锅没能抓到我去背书，那眼神很遗憾呢。"

他拿出语文书，又想不起该背哪一篇，眼巴巴地看陆清岩。

"背《赤壁赋》。"

陆清岩是不背的。他在背诵上堪称天赋异禀，过目不忘，所以早自习他都拿来写数学卷子，蔡国是不管的。

林佑的数学和英语都不错，可语文的背诵和作文几乎要了他的命。作文老是跑题，背诵内容总是串行。

他背了没一会儿，旁边的叶楠山趁老师看不见，扭过头来问林佑和陆清岩："下午打不打球？"

下午第八节课，是一周唯一一次的体育课，堪称一周里唯一的生命之光。

林佑还在背"飘飘乎如遗世独立",一听这个立马不背了:"打,和其他班一起还是我们班。"

"我们班和(三)班。"

"行,加我和老陆。"

叶楠山比了个手势,表示没问题,见蔡国往这儿看了一眼,又赶紧低下头去。

过了一会儿,林佑的斜方又伸出了一只手,是侯子成的。侯子成说道:"林哥,你昨天的英语笔记借我看看。我后半段没抄到。"

林佑应了一声,却没把自己的笔记本给侯子成,而是把前桌白鹭的笔记本拿给他,说:"你还是看白鹭的吧,我昨天也没记。"

侯子成抱拳:"还是我林哥贴心。"

下午体育课,林佑换好了球鞋,跟着其他人蹦跶着来到操场。

他们跟高二(三)班的人占据了半个篮球场。

陆清岩这场不打,下半场才和林佑交换上场。

高二(三)班有人知道林佑前阵子发烧挺严重的,上场之前挑衅道:"林佑,你真的能打吗?我记得你前不久大病一场吧?要不跟其他替补一起去坐着,或者给你们班的人送点饮料。别上了场又下来,多扫兴。"

林佑淡淡地瞥了他们一眼。

叶楠山碰了碰林佑,说:"林哥,你要真不舒服也没事……"
结果这话还没说完,就见林佑拿起一个旁边椅子上不知道谁放的核桃。

他细白修长的手指夹住核桃轻轻一捏,核桃外面的壳就碎了,露出里面完好无损的核桃肉。

林佑没吃,全给陆清岩了。他抬头看着刚刚(三)班问话的那个人,说:"你刚说什么,没听清,再说一遍。"

林佑说这话的时候没笑。他五官精致,肤色白,不笑的时候那双眼睛就显得有些冷。他拿过篮球在手里转了一圈,往地上一拍,又弹回了手里。

场上一时鸦雀无声。

"不说话我就当你没话了,开打了记得愿赌服输。"

林佑上场后像是带球在球场散步一样,屡次冲开对面的防线灌篮得分,打得对方怀疑人生。

而等他们好不容易熬到中场休息,(一)班换人上场,(三)班的人还没来得及松口气呢,就看见陆清岩松了松手腕,跟林佑击了一下掌,走上球场。

(三)班还没松完的气顿时就哽住了。

陆清岩平时不是不爱参加球赛吗?今天怎么突然这么好兴致?

最后(三)班以四十八分的差距输给了(一)班。

陆清岩因为高强度的运动,体温有点儿高。他走到林佑面前，林佑嫌弃地让他离自己远点："你身上好烫。"

他们班的同学正说着话，准备待会儿一起去吃饭，林佑却发现那个（三）班拿他生病说事的人走了过来。

他记得这人叫段奕巡。

林佑皱起眉看着段奕巡，说："干吗？对比分有意见吗，有意见找裁判。"

那人露出一个受不了的表情，翻了一个白眼。

"来跟你道歉，是我刚才不对。"他倒也坦荡，"你打球挺厉害，之前没跟你打过，不知道你这么厉害。"

林佑稀奇地看着他，他居然是来道歉的，还以为这人脾气挺差。

"行吧，我接受了。"林佑昂着下巴说，"还有什么事情吗？没事儿我们班要去吃饭了。"

"你们去哪儿吃，要不和我们班一起？"段奕巡问。

林佑没什么意见，但他还没说话，陆清岩就先出声了。

"今天就不了，不太方便，"陆清岩的脸上看不出喜怒，"下次吧。"

段奕巡的脸上露出点失望的表情，但也没再多说什么，道了一声"再见"就走了。

他走了以后，林佑扭过头问陆清岩："有什么不方便？我们班有活动吗？"

"他是外人，这就是不方便。"陆清岩回答道。

林佑想了两秒，没懂，但他懒得想了，蹦过去和叶楠山他们商量吃什么。

最后，晚饭是在食堂楼上的小餐厅吃的。十几个人冲过去，占据了餐厅里最大的一个圆桌。

他们提前了十分钟下课，小餐厅里的人还不多。大家将菜单传来传去点餐，闲聊了几句，便有人问林佑和陆清岩在南楼住得习不习惯。

晋南高中的住宿条件都挺好的，一般宿舍标准配置是双人间上下铺，房间里自带淋浴和沙发阳台，还配有两张桌子，空间挺大。

和住宿区最大的区别，就是南楼这边客厅比较大，有独立房间。

"挺适应的，就是现在南楼里没几个人。"林佑想了一下，说，"我们旁边住了两个人，一个高三一个高二。"

"高三那个是不是薛宜炘？"有人问。

"对，你认识他吗？"林佑好奇。

"不认识，"那人摆手道，"知道他是因为他这人在高三挺出名的，长得好看，而且数学竞赛第一名。"

大家稍微讨论了几句，聊完了薛宜炘就开始聊南楼的传闻，这就和林佑有关系了。

"真的假的？"林佑不太信，夹了一筷子炒牛柳，"你们就是喜欢添油加醋，哪个学校没有恐怖故事？"

"真的。"叶楠山看他不信，说，"他们说晚上在南楼总听见小婴儿的哭声，但是白天又听不见。"

"还有人说看见红衣服的女人站在窗边,阴森森的,可吓人,过一会儿又消失不见了。"

侯子成嘴里塞着炒蛋,也不忘插嘴,他含混不清地说:"主要是南楼那地方平时没什么人住,大部分房间都空着,就显得阴森森的。"

林佑被他们这番话说得半信半疑,情不自禁地往陆清岩那边靠了靠。

但他理智上又不是很信,市里这么多高中,总有一个学校流传着恐怖故事。

尤其是和他们学校隔了一个区的十七中。因为十七中当年建校前的那片地是坟场,恐怖故事格外多,几乎可以拍高校版恐怖故事。

陆清岩给林佑夹了一个鸡翅,说:"哪来这么多吓人的玩意儿?有,也被你揍跑了,吃饭。"

林佑一想也是,吃饱了才有力气揍跑那些装神弄鬼的人,当即埋头苦吃。

上完晚自习回宿舍,走到南楼门口的时候,林佑又想起了白天讲的恐怖故事。

他没听过这些传闻的时候还不觉得可怕,但现在看着这座独立在学校边缘的小南楼,只有一楼和二楼零星地亮着几盏灯,上面的三楼四楼都是黑漆漆的,还真感觉出了一点阴森恐怖的味道。

他们刷卡进走廊的时候，恰好又遇见了薛宜炘。他身边还站着他的室友，唐棋。

因为白天才听说了薛宜炘的八卦信息，林佑没忍住多看了两眼他们。

薛宜炘个子长得挺高，估计有一米八，看着很斯文，但不瘦弱。

唐棋就矮多了，只到薛宜炘的肩膀，脸圆乎乎的，但是五官很可爱，是那种一眼看去就很招人喜欢的男生。

他像是有点儿怕生，站在薛宜炘的背后，对着林佑笑了一下，但看见陆清岩后，又不笑了，像是觉得他很可怕一样，于是往薛宜炘身后缩了缩。

薛宜炘也跟他们打招呼。

林佑想起薛宜炘和唐棋在这里住了挺久，忍不住问："你们知道南楼的恐怖故事吗？"

"恐怖故事？"薛宜炘抬头说，"没听过。"

他身边的唐棋显然也没听过，听见"恐怖故事"四个字，有点儿害怕地又往后站了站。

"说是这边晚上有婴儿哭，还看见红衣服的女人，"陆清岩并不信，只是把白天听来的话重复了一遍，"你们住这里挺久了，应该没碰到过吧。"

薛宜炘听完，摸着下巴想了一会儿，突然笑了笑，说："这我还真知道。"

林佑这下子也不进宿舍了，站在门口眼巴巴地看着薛宜炘，问："你不会真见过吧？"

薛宜炘也没跟他兜圈子，解释道："红衣女人是去年住楼上的一个学姐，她为了复习有个安静的环境，所以一个人住在楼上，不过她因为压力太大总是站在窗口，不开灯，还穿个红衣服，能不吓人吗？"

林佑："……"

这真相真是意外的简单。

"那小婴儿哭呢？"林佑追问。

薛宜炘笑了笑，推开自己宿舍的门："进来看看吧。"

林佑好奇地跟了进去，陆清岩没办法，跟着他们一起进去了。

只见他们客厅里放着两个显眼的猫窝，一白一蓝。

不过只有一个猫窝上有猫睡着，两只猫叠在一起睡觉，小肚皮一起一伏。

这两只猫明显是中华田园猫，长得挺漂亮的，一只是胖嘟嘟的橘猫，一只是白色皮毛的。

唐棋走过去，在两只猫身上都摸了一把，跟他们解释说："南楼之前有一窝流浪猫，都还小，后来就天天叫，跟小婴儿哭特别像。"

薛宜炘站在旁边看着唐棋逗猫，跟他们解释了一下："这两只是唐棋非要养的，橘色的叫小南瓜，白色的叫小豆苗。因此我们从宿舍区搬出来了。"

薛宜炘对着林佑和陆清岩笑了一下："这是偷偷养的，

麻烦保密。"

这下子全清楚了,林佑彻底不怕了,蹲下来跟唐棋一起逗猫。

那两只猫在他们进来的时候就醒了,只是懒洋洋地不爱动,现在蹭着唐棋的手喵喵地撒娇。

林佑上去摸两把,这两只猫就一点没原则地也对着他蹭脑袋了。

林佑撇了撇嘴:"我听他们讲得这么起劲,还以为南楼真的有什么呢?那其他流浪猫呢,去哪儿了?"

"绝育了,然后送给别人领养了。"薛宜炘回答道。

林佑看了看正在他手里打滚的小南瓜:"这两只猫也绝育了吗?"

唐棋笑了一下:"是的,当时它们特别黏我,不肯走,我就决定养了。"

"你们就是因为这个从住宿区搬出来的吗?"

唐棋点头:"这里的客厅比较大。"

林佑便没再多问,专心逗猫猫玩。

其实,他挺喜欢毛茸茸的小动物,但是他家里经常没人住,他住校也养不了,现在看唐棋在公寓里头养了,心里有点儿痒痒的。

但他转念一想,算了吧,他连自己都养不活,真抱一只猫来肯定又是陆清岩养。

这么一想,林佑摸得更起劲了,能过一会儿瘾是一会儿。

唐棋还跟他交流起了养猫心得，以及如何机智地躲过宿舍检查。

"小南瓜特别能吃，我吃外卖它都要来凑一脚，小豆苗又死活不爱吃饭，喂冻干都不行，"唐棋点了点两只猫的脑袋，对林佑说，"你想喂猫吗？想的话可以来我宿舍。"

林佑乐呵呵地点头，觉得唐棋人挺好。

薛宜炘和陆清岩就坐在后面的沙发上，有一搭没一搭地聊着天。

陆清岩看了看坐在唐棋身边的林佑，林佑正好也看过来，献宝一样把那只橘猫捧起来让他看。

陆清岩不自觉地也笑了一下。

林佑在薛宜炘他们宿舍磨蹭了一小时，过足了撸猫的瘾。

这才恋恋不舍地跟他已经混熟了的两只猫挥手拜拜。

他跟唐棋玩得也挺好，唐棋有点儿内向，但脾气非常软，对小动物和人都很耐心。

林佑已经开始邀请唐棋有空来他的宿舍串门了。

唐棋怀里抱着小豆苗，点了点头，拎着小豆苗的爪子跟他再见。

等回了自己宿舍，陆清岩一边挂衣服一边催着林佑赶紧去洗漱。

林佑的身上全是猫毛，但他犯懒，不愿意动，躺在枕头上耍赖："你先洗，我要看会儿手机。"

林佑这一身懒骨，陆清岩可太了解了，躺下去就更不愿意起来。他不答应："不行，你快去，脏死了你。"

林佑拿抱枕去砸陆清岩，气鼓鼓地道："大浑蛋。"

但他还是老老实实起来了，抱怨道："老陆，你比蔡小锅还烦。"

陆清岩全当听不见。

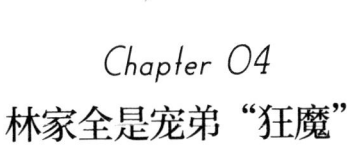

Chapter 04
林家全是宠弟"狂魔"

为什么不能学学他,从来没惯过陆清岩。

很快到九月底了,还有三天就是国庆节。

高一、高二、高三,三栋教学楼里弥漫着一股心浮气躁的气氛,每个人都眼巴巴地等着放假。

"林佑、陆哥,你们国庆节准备去哪儿玩?"白鹭问。

"没想好,假期路上这么堵,我和老陆多半不会去旅游凑热闹。"林佑想起了自己去年被堵在路上的悲惨往事,露出痛苦的表情说道,"去年我们一起去黄金景区旅游,结果景区全是人,去个厕所都排队。我劝你也别去。是电视不好看还是游戏不好玩?"

白鹭也没想好,道:"再说吧,这也不是我一个人说了算,还得看我爸妈。"

他们正说着话,蔡小锅走进教室。看见教室里闹哄哄的,他皱了皱眉头,训道:"还没放假呢,你们的魂就飞了?别以为放长假能休息,不准备做作业了吗?"

闻言,大家的兴头顿时减了一半。

去年国庆假期写作业的噩梦到现在还在眼前。

"学校为了让大家在假期不至于过于放松,丢掉学习的兴致。"蔡小锅推了推眼镜,露出一个温和的笑容,"本来应该下个月一号二号的月考,提前到明后天。"

教室里爆发出一阵哀号:

"不至于吧!"

"让不让人好好放假了!"

"抗议,学校这是压迫!"

…………

蔡小锅不为所动:"晚上记得复习,今天作业会少一点,给你们时间。"

他想了想,又补充了道:"这次的成绩会和你们的假期作业直接挂钩,进入前十名的作业量只有倒数十名作业量的二分之一。"

下面哀号得更惨了。

林佑和陆清岩对考试不太在乎,对他们而言第二天考还是下月考都差不多。

不过一到月考期中考这些时候,班里几个学霸的座位周围就相当受欢迎,问题目的借笔记的络绎不绝。

陆清岩的笔记早被人拿去复印了,找他问题目还得排队。

林佑这儿就空荡荡的。

他很不服气,问语文课代表:"你问数学题为什么不找我?我和陆清岩的分数明明差不多。"

语文课代表白了他一眼:"就你那个讲法,谁听得懂?"

她还模仿了一下林佑说话的语气："这里应该画条辅助线，为什么？没有为什么。那边应该用这个公式，没有原因，就是这个公式。"

"而且林哥，你那字，不是我说你，谁看得懂？上次借你的数学笔记，我发现上面每道题只有两行解题思路。"叶楠山一边写作业一边吐槽林佑，"我估计只有陆哥才看得懂你的笔记。"

林佑反驳不了，但主动拆穿陆清岩："你以为老陆就是勤恳记笔记的人吗？他的那些笔记都是因为要被收去展览临时补的。"

他和陆清岩同桌这么久，就见陆清岩动过三次笔。

他不服气道："你等着，这次我要把你从班里第一的位置上拉下来。"

陆清岩毫不介意："那蔡小锅得高兴死。"

开学考试的成绩，林佑是班里第五名，年级第三十七名，实属退步，把蔡小锅气得不行。

这次林佑是真的用心了要超过陆清岩，考了个班里第一名，年级第三名。

陆清岩差他两分，屈居年级第四名。

林佑来回翻看自己卷子，还不太满意，嘀咕道："不对，我估分的时候应该年级第一的，这是怎么了？"

看来看去，他发现有一道题的答题过程太简单，被老师扣了三分之一的过程分。

然后,他又去看陆清岩的卷子,一看乐了:"你怎么比我还惨,居然有两道题忘写答案了。"

林佑算了算分,说:"你这两道题要是写上去,分就比我高了。"

陆清岩勾了勾嘴角,眼中的笑意一闪而逝,略带失落地说:"是,可惜了。"

林佑顿时更得意了。

他跑到讲台上,拿着自己的卷子和蔡小锅讨价还价:"蔡老师,既然成绩和作业量挂钩,你看我都考第一了,可不可以不做作业?"

"不可以,"蔡小锅无情地拒绝了他,"要是真让你不做作业,七天后你估计会飘回学校。"

林佑很不满意,还想再说些什么,被蔡小锅从讲台上撵了下来。

放假后,大家都陆续离校了,林佑和陆清岩也收拾好东西回家了。

但林佑是跟着陆清岩回家的。

这次也不知道是怎么了,国庆七天假期,林佑的哥哥和姐姐,陆清岩的哥哥都从大学回来了,这很正常。

但是林佑的爸妈也回来了,这就很不正常。他那工作狂爸妈别说国庆假期休息,春节都只休三天。

今天林家全体去陆家吃晚饭。

林佑跟陆清岩回来的时候，他们的哥哥姐姐都已经到了。

林佑的哥哥和姐姐是一对双胞胎，姐姐叫林斯哲，哥哥叫林斯予。

陆清岩只有一个哥哥，叫陆北名。

这三个人年龄差不多，就像林佑和陆清岩一样，他们也是从小一起长大的，现在也都在一个城市上大学。

但陆北名和林斯哲从小就看对方不顺眼，成天掐架，全靠林斯予在中间当和事佬。

林佑进了陆家，嘴甜地叫完了所有家长，便开始坐在沙发上吃零食。

林斯哲和林斯予刚刚都来慰问过他，林佑支气管肺炎的时候他们都没能赶回来，现在好不容易见上了，把林佑好一顿揉搓才放开。

林斯予对这个弟弟尤其心疼，脾气又是三姐弟里最温柔的，他摸摸林佑的头，说："现在身体都好了吗？对不起啊小佑，我当时在比赛，不能回来。"

"早好了，又不是什么大事，爸妈也回来了，"林佑并不在意，笑容灿烂地说，"你别放心上。"

林斯予想起自己给林佑带了礼物，便特意拿过来给他，然后就去厨房帮忙了。

林佑吃着零食，拆着礼物，没心思看电视。

他跟陆清岩嘀咕："你有没有觉得我姐看你哥时气鼓鼓

的？总觉得下一秒我姐就要把刀剁你哥身上了。他们的关系怎么还这么不好？"

陆清岩往厨房那儿看了一眼，只见他哥正在洗草莓，洗完了就分给了林斯予单独一碗，压根儿没搭理旁边的林斯哲。林斯哲在旁边切苹果，切一下瞪一眼陆北名，菜刀舞得震天响，也特意分给自己弟弟一小份。

林斯予被夹在中间，左右为难。

陆清岩往嘴里塞了一口腰果："你又不是不知道，你姐和我哥一直互相看不顺眼。这次学校实习，斯予哥选择跟我哥一个公司，斯哲姐浑身不痛快呢。"

林斯哲对双胞胎弟弟比对林佑还要宠爱，一向保护欲旺盛。陆北名却是个跳脱的性格，带着林斯予攀岩爬山蹦迪，什么都来，偏偏又爱跟林斯哲互掐。

林佑一想也是。

"我姐也是。"他大大咧咧道，"我哥都这么大了，她还像老鹰护小鸡一样，总怕我哥出事了，学坏了。其实我哥上高中就跟北名哥翻墙去看音乐节了。"

陆清岩笑了一声。他想，这可不就是林斯哲烦他哥的原因吗？净带着林斯予瞎疯。

在他们谈论自家哥哥姐姐们的"爱恨情仇"时，林斯哲也从厨房的透明玻璃后看着他们。

她最小的弟弟跟个二大爷似的躺在沙发上，张着嘴等陆清岩剥好橘子给他。陆清岩倒也不嫌烦，剥了橘子还叮嘱让他坐着吃,别呛着。

林斯哲越看眉头皱得越紧。

陆北名也从玻璃里看见了陆清岩,还跟林斯予笑了一下,说:"清岩这家伙,小时候在家一言不合就坑我,出去打架也没手软过;但对小佑就特别耐心照顾,真是一物降一物。"

林斯哲的眉头皱得更紧了,但她看了一眼陆北名,想到这里还有个更糟心的,一对比陆清岩都不算什么了。

林佑和陆清岩是一起长大的真正的好兄弟,陆清岩习惯了惯着林佑,而陆北名打小就不带林斯予做正经事。

想到这里,林斯哲默默举起刀,故意道:"离我远点儿,我怕我刀飞你身上,你别赖我蓄意谋杀。"

吃完晚饭后,两家的大人坐在一起继续聊天,顺带追忆自己年轻时的岁月。

几个小辈都坐在沙发上,林斯予非常有先见之明地分开了林斯哲和陆北名,坐在他们中间,怕他们又吵起来。

林佑咔嚓咔嚓地咬着苹果,问林斯予:"你们都要去北安实习吗,那里好玩吗?"

他们聊了一会儿,见那四个家长没有散场的意思,便一边玩游戏,一边聊起了国庆假期的安排。

陆北名准备带林斯予出去玩,不去那种热闹拥挤的景点,准备去度假山庄,是陆北名的朋友家开的。

林佑一听就来劲了,立马举手:"我和老陆也想去。"

陆清岩被林佑代表了，也懒得提意见。

陆北名不愿意带这两个小麻烦精："我们成年人度假，带你们小屁孩不是添乱吗？你们自个儿找地方玩去。"

林佑才不理他，转头就对林斯予撒娇："哥，我要跟你去。"

林斯予毫不犹豫地同意了："行，我们后天就出发，你记得收拾行李。"

陆北名顿时垮着一张脸，试图抗议。林斯予抬头看了他一眼，他就知道这事没商量了。

他心酸地叹了一口气，心想大家都有弟弟，为什么林家全是宠弟"狂魔"，为什么不能学学他，从来没惯过陆清岩。

"行吧，带上你们。你们有什么小伙伴也可以约一下，"陆北名说，"不过那山庄是分区的，你们给我住A区自己玩，我和林斯予住在B区，没事儿别来找我们，懂？"

林佑不费吹灰之力就击败陆北名，喜滋滋地说："我和老陆玩，才不要找你。"

但他刚开心完没多久，就发现陆清岩已经拿下了游戏的胜利。

陆清岩摊着空空的两手，言简意赅："给钱。"

林佑一脸心疼地打开了自己的钱包。

他突然意识到，他的零花钱因为买了电脑已经所剩无几了，在场其他人都比他有钱。

要是国庆假期想出去玩，他还得跟他妈申请额外资金。

想到这里，林佑幽幽地看了一眼旁边正在眉飞色舞聊天的蒋念女士一眼。

不知道他全班第一的考试卷子,能不能从蒋念女士那里换来一份度假津贴。

等到他们这边结束游戏,两家的大人也终于聊得差不多了,准备各回各家。

几轮游戏玩下来,陆清岩和陆北名这对兄弟赢得最多,林斯予输得最多,林佑第二,林斯哲第三。

但是陆北名赢来的钱直接扔给了林斯予,说当旅游经费。林佑掐指一算,发现还是他给出的钱最多。

好在他心态好,坚信自己总有一天会赢回来的,虽然这十多年来他赢过的次数屈指可数。

林佑给群里的小伙伴们发消息,问有没有人要跟他和陆清岩一起去隔壁城市的度假山庄玩。

消息刚发出去群里就有人回复了。

白鹭:"去不了,我妈居然给我报了补习班。"

叶楠山:"我倒是想,但是林哥你看我那四十八分的数学卷子,你猜我出得去吗?"

其他几个人都纷纷表示自己的作业都来不及完成,哪有时间出门。

林佑叹了一口气,不能理解他们的悲伤。

林佑继续问:"那侯子成呢?去吗?侯子成。"

侯子成这次考试有进步,名次上升到班里的第十八名,照理说应该能去。

侯子成过了半天才冒出来,但他和前面几个人的画风明显不一样,还发了一个非常开心的表情包,说:"我也去不了,我得上补习班呢!"

林佑很费解:"上补习班你为什么一副快乐到飞起的样子。"

这是学习压力过大导致心理变态了吗?

侯子成就等着他问呢,立刻回复:"因为是和我女神一起上!"

"得,他这是为女神补课,真是伟大。"林佑对陆清岩吐槽道。

"是个狠人。"陆清岩评价道。

"那就我和老陆去了,你们都在家好好学习天天向上。"林佑说。

白鹭:"滚!学霸滚出这个群。"

叶楠山:"同意。"

底下的回复全是"附议"。

林佑那几张接近满分的卷子确实起到了一定作用。

蒋念听到他的出游计划,再看看他已经写完的作业,眉毛挑起又放下。

她摸了一把小儿子的头,心想他虽然皮了点但好歹成绩没落下,除了脸以外总算还有能拿得出手的能力。

于是,她手一挥,就放林佑出门了,还额外资助了一笔钱,贴补了林佑干瘪的钱包。

蒋念看着他,又有点儿不放心,念叨:"这钱是给你出去玩的,你可别再给我买个天价的开光玉佩回来。"

林佑一听就垮着一张脸,不满地嘀咕:"这都多少年前的事了,你怎么每次都提,给不给你儿子留点面子?"

这是他初三时的事。

他那次也是跟陆清岩还有哥哥姐姐一起旅游,上山途中,其他人没看住,他被寺院门口的小摊贩忽悠着买了一块玉佩,据说是开过光的。

陆清岩赶过来的时候,林佑还蹲在摊子前,琢磨着再买一块给陆清岩戴上。

陆清岩都不知道该感谢他贴心,还是该骂他傻。

但陆清岩还没来得及找那个小摊贩算账,那小贩见势不妙早就卷起东西跑了,一看就业务十分熟练。

等回了家,蒋念女士听自己女儿讲了事情的经过,一时间不知该摆出什么表情。

她心想,林佑的数学好歹也能考一百四十分,怎么看都不像个傻子,为什么比村口老大爷还容易被骗。

思来想去,只能归结于这孩子像他爸,学术上还行,生活上天生少根弦。

"清岩,你多看着他一点。"蒋念转头对旁边那个比较靠谱的交代,"尽量早点回来,之后还要上课呢。"

她说到这儿,林佑倒是想到其他事了,问:"你和爸今天下午就要去昀都了是不是,几点?"

他爸妈的工作都不在本地,昀都就是他们公司所在的城市,这次国庆假期他们回来是请了年假,没过几天还得回去。

"是,两点就得走了。公司那边还有事。"蒋念对林佑有点儿愧疚地说。

林斯予和林斯哲小时候,他们的工作还没那么忙,有时间陪这对双胞胎长大。等林佑出生,他们都晋升了岗位,几乎没时间照顾孩子。

林佑长到这么大,都是跟陆清岩或者林斯哲、林斯予一起去旅游,很少跟他们出门。

"玩得开心点,有事找你哥。"蒋念拍了拍林佑的肩膀,叮嘱道。

林佑也没再说什么,挥了挥手就和陆清岩一起出门了。

在等待陆北名和林斯予把车开到门口的工夫,陆清岩低声询问林佑:"你是不是不想出去玩了?想和阿姨叔叔多待两天。"

林佑没说话,鼓着脸不知道和谁生气。过了一会儿,他又小声说:"也不是,我在家他们也陪不了我,他们下午就走了。多这两小时也没什么区别,反而让他们有心理负担,觉得我舍不得他们。"

林佑抠着箱子上的扶手,想起去年的家长会,还是林斯予去开的。

他虽然皮了一点,闹腾了一点,但成绩还是很好的。

在场的家长都很欣赏地看着他,连蔡小锅也表扬了他好几句。

可偏偏这么多人里没他的家长。

陆北名的车已经开过来了,他停车打开后备厢,招呼他们过去。

陆清岩把箱子拎了起来,转头看向林佑:"走吧。虽然你可能看我都看烦了,但这国庆还是只能我陪你过了。说吧,到了目的地想吃什么?"

林佑跟陆清岩往车边走,想了想,笑了起来,说:"我想吃冰激凌。"

"你就想吃这个?能不能有点儿追求。"

林佑理直气壮:"没有冰激凌的人生不值一过。"

坐到车上,林佑看了看外头的天色,现在才早上九点。他问林斯予:"我们多久到那个度假山庄?"

林斯予看了一眼导航,说:"一个小时左右。"

林佑"哦"了一声,没再说话。他拿出手机,开始跟陆清岩一起看那山庄附近有没有什么好玩的地方。

听到林佑在后面叽叽喳喳的,陆北名笑了一声,对林斯予道:"你弟真是个小话痨。"

林斯予也笑了一下,林佑确实从小活泼好动话还多。

"好在清岩治得了他。"

林斯予笑着说,无奈地摇了摇头。

二十分钟后,林斯予从后视镜里看了一眼,发现林佑已经四仰八叉地睡着了。

陆清岩早就习惯了，一只手给他盖了张薄毯子，另一只手拿着手机，又往旁边让了让，空出大半个地方让林佑躺着。

林佑不知道睡得不舒服还是怎么，咕哝了两句，又咧开嘴笑了。

等到了度假山庄，林佑才被陆清岩喊醒。

这个度假区一共有三个住宿区。陆北名给自己和林斯予订的是A区的小别墅，林佑和陆清岩则被他打包去了B区的酒店，想甩开他们的意图十分明显。

陆北名理直气壮地说："我们有自己的规划，你们既然是高中生，就好好凑堆，玩点高中生该玩的项目。"

林佑龇牙，得意扬扬地冲陆北名笑了一下，说："你当心我跟我哥告状，最后变成我跟我哥住，你跟陆清岩住。"

陆北名嘶了一声，心想这还真说不好。他头疼地冲陆清岩招了招手，说："快过来，把你发小拎走。"

陆清岩闷笑一声，难得没和他哥唱反调，跟林佑说："走吧，别闹了。"

Chapter 05
稀有级别保护动物

"主要是你比较稀有,懂吗?"陆清岩试图安慰他,"大熊猫级别的保护动物。"

度假村的 A 区和 B 区中间只有十分钟的路程，靠得很近。

等进了 B 区的房间，林佑才发现这也是个套房。

他和陆清岩两个人一人一间房，中间隔着一个小客厅，看着倒有点儿像他们宿舍的布局，只是远比宿舍空间大，也比宿舍豪华。

客厅边上还有个小厨房，冰箱里头已经塞满了吃的。林佑翻了翻，居然在里头看见了一瓶香槟味的气泡水。

林佑把那瓶气泡水拿了出来，对着陆清岩晃了晃："晚上喝这个吗？"

陆清岩说："你忘了小时候误喝你外公那杯酒的下场了？"

林佑不服气地抗议："这是气泡水。"

陆清岩毫不留情地驳回："气泡水也不行。"

林佑撇了撇嘴，把气泡水塞了回去，心里却想晚上他偏要喝。

两个人放好行李就下楼去吃饭了。

这个庄园里餐厅还挺多，在独立的一个三层建筑内，每一层都有不同的特色。

陆清岩和林佑转了一圈,最后去吃了二楼的泰国菜。

"陆清岩,这儿还有骑马的地方,酒店里还有温泉,我们晚上泡温泉去吧!"林佑一边吃,一边看这个庄园的布局,还翻着那张地图给陆清岩看,"你哥也太黑心了,让我们住这里,他们住的那个别墅是自带私汤的。"

陆清岩心想,这就叫黑心了?那你是真没见过我哥那一肚子花花肠子。

他们吃完饭就直接去后面的跑马场了。散步到那里时他们也消食得差不多了,林佑兴冲冲地去选马。

他可能天生招动物喜欢,一匹白色的大马极为温顺地把头往他手心里蹭,他简直受宠若惊。

旁边的工作人员笑着跟他们介绍,这里有快马和慢马两种选择,蹭着林佑的那匹就是慢马。

"它叫泰拉,性格非常温顺,但也很少见它这么亲近人。"工作人员说。

林佑其实是想选快马的,但是又舍不得这匹跟他如此亲昵的白马,最后还是选了泰拉。

林佑爬到泰拉身上的时候还跟陆清岩笑道:"泰拉这名字谁取得,念快一点就是太辣。"

陆清岩选了一匹黑色的大马,利落地翻身上马,根本不需要帮助。

他本来就高,身材也好,骑在这匹黑色的大马上显得更强势。他今天穿了一件黑色的外套，穿着一双靴子，背脊笔直，眉眼锋利，有种远胜于他年龄的沉稳和强硬。

旁边的几个女生一直往他看，小声说"好帅"。

林佑听见了旁边的窃窃私语，轻轻地拍了泰拉一下，骑着马到陆清岩旁边，笑着小声说："旁边那几个人都在看你。"

陆清岩扶了一把林佑的肩膀，让他坐直："坐好，别从马上摔下来。"

林佑无语："你当我和你一样骑的是快马吗？我这匹马脾气可好了。"

他有点儿眼馋地看着陆清岩选的那匹黑马，又帅又有气势。他摸了摸身下泰拉的白色的毛，心想这匹白马也不错，难得有这么亲近他的大型动物。

等陆清岩骑着黑马跑起来的时候，林佑就只能干瞪眼了。

陆清岩是练过马术的，所以根本不用工作人员跟着。

他骑着马在场上跑了几圈，姿势一看就很熟练潇洒。旁边本来还有点儿矜持的女生都小声尖叫起来，干脆不转悠了，就坐在那儿观赏。

林佑虽然也会骑马，奈何他身下的泰拉是个天生的慢性子，一圈一圈仿佛老太太遛弯，轻易不肯挪动。

最后下来的时候，林佑拍了拍泰拉的脸，认真地说："我觉得工作人员对你有误解，你可能不是脾气好，你就是懒。"

泰拉听不懂他在说什么，还亲昵地蹭了蹭林佑的脸。

骑完马，他们又去划了一会儿竹筏。

这庄园里的水挺清澈，岸边的风景也不错，但毕竟是人工湖，不算大，没一会儿就到头了。

这时候天色慢慢暗了下来，陆清岩和林佑又回到了餐厅吃晚饭，准备吃完过一会儿就去泡温泉。

其间，陆清岩还打电话给他哥，问他们要不要一起吃。

结果第一次打过去被挂断了，第二次打过去，陆清岩还没来得及说话，陆北名在电话那头咬牙切齿地说："兔崽子，我正打游戏呢！你再打电话试试，回家我就手刃亲弟。"

陆北名啪的一声就把电话挂了。

林佑一脸疑惑地看着陆清岩："怎么了，我哥他们不吃吗？"

陆清岩慢悠悠地把手机放回口袋里，面不改色地说道："他们吃过了，他让我们管好自己就行，他们那边的别墅功能比我们这儿全。"

林佑"哦"了一声，没多想，继续专注地看菜单。

陆清岩却看着灯下的林佑。

因为待会儿要去泡温泉，林佑换了一身白色的衣服。

林佑从小就皮，跟陆清岩这种蔫坏的不一样，他什么都放在表面，咋咋呼呼的，从小就是小区一霸。但谁都得承认，他的外貌与性格截然相反，他是那种既乖巧又惹人怜惜的长相。

陆清岩喝了一口茶，想起之前学校里女生的议论，说林佑长得好看，尤其是穿着白衬衫的样子，像极了青春片里的男主角——早上叼着一袋牛奶漫不经心地从树下走过，还带着点儿嚣张，可是背地里会送受伤的小猫去医院。

"别说，陆清岩跟林佑，是截然不同的两款帅哥，"女生笑嘻嘻地说，"一个沉稳严肃，一个可爱阳光。"

陆清岩当时骑着车路过，对此只是一笑置之。可是这一刻，他突然想了起来。

他总是拿林佑当小孩子，当林佑还是那个做了噩梦就要抱着枕头找他哭的小孩子，可是不知不觉间，林佑早就长大了。

终有一天，林佑会上大学、工作，去更高更远的地方，认识形形色色的人。

也许有一天，林佑会有家庭、事业，不会再像小时候一样，跟在他身后踩着他的影子玩儿。

光是想到这一点，陆清岩心底深处就升起了一种失落感，这种感觉像看见一直生活在自己庇护下的雏鹰突然振翅高飞。

这个度假酒店的温泉在一楼的后院，分为公共区域和私汤两个部分。

私汤的区域装饰得尤其漂亮，是那种露天的日式温泉，分成一个一个的小院子，私密性很好。

院子四周都是木篱笆，篱笆外头种着葱葱郁郁的青竹，池子边上砌着青石，如今天色暗下来了，院子里头的草丛间点起了暖黄色的灯，乳白色的雾气轻轻地飘在池子上，有种温柔的意境。

陆清岩要的是带着两个池子的温泉庭院。

到了庭院里，陆清岩和林佑先到隔间里洗漱，陆清岩出来得快一点，先进入温泉里面。

几分钟后，林佑也出来了。他披着天青色的浴袍，头发打湿后显得格外黑。

林佑大大咧咧地走到另一个温泉池边，伸出脚在温泉里试探了一下，觉得还能接受才走下去。

温度略高的水漫过了林佑的脖颈。他靠在岸边的石头上，舒服得叹了一口气。

"要是冬天泡温泉应该更舒服吧，还能看下雪。"林佑说。

"嗯。"

林佑感觉陆清岩兴致不高。他转过身去，发现陆清岩正背对着他。

这个庭院虽然不算小，但是两个温泉池离得很近，中间只有一条窄窄的鹅卵石小道隔开，陆清岩此刻靠在离林佑最远的边缘。

林佑最不喜欢陆清岩沉默的样子，虽然知道那是他本性使然，但他就是要皮一下。

他撩起一把水，泼在陆清岩身上："嘿嘿。"

陆清岩虽然离得远，但还是被水溅了一脸。他抹了一把脸，面色不善道："找揍是吧？"

林佑笑嘻嘻的："来，打水仗啊，老陆。"

陆清岩像看傻子一样看他，说："你脑子坏了吧？拿热水打水仗。"

"不许闹，"他又说，"你老实点。"

林佑撇撇嘴："没劲。"

但他老实了没一会儿，又比较起自己跟陆清岩的肌肉。

陆清岩的身材比林佑结实得多，林佑不由得羡慕起来："我们明明都是一起锻炼的，为什么你就身材这么好。"

他又拍了拍温泉池边，不满地说："你离我那么远干吗？过来跟我聊天。"

陆清岩被他烦得受不了，游得近了一些，看见林佑的脸已经完全被热气熏红了。

陆清岩提醒道："你如果觉得热就去透会儿气，别泡晕了。"

林佑倒不觉得难受。他吃着酒店附赠的水果，这水果大概是冰过的，很是清爽解渴。

"我发现这水果不错，"他拿叉子插了一个，递给陆清岩，"你尝尝。"

陆清岩盯着那个哈密瓜看了几秒，拿起来放进了嘴里。

两个人趴在不同的温泉池里，泡了十来分钟。

"再泡会儿就回去。"陆清岩对林佑说。

"行，那再泡十分钟就走。"

林佑吃掉了最后一块苹果，脸颊鼓鼓的，像个小仓鼠。他在雾气里对着陆清岩笑，眼睛弯起来。

两人泡完温泉出来，也没换衣服，就这么穿着浴袍回去了。

林佑还走到一楼的咖啡厅打包了一个草莓蛋糕，准备带回去吃。

"老陆,你说我是吃草莓拿破仑,还是吃草莓千层?"林佑认真地纠结。他两块都想吃,奈何胃的容量不够。

"都行。"

"要不我买两块,我们一人半个分着吃。"林佑对陆清岩提议道。

陆清岩没那么爱吃甜食,但看林佑满脸渴望的表情,无奈地答应:"行。"

等到了楼上,林佑欢快地把两块蛋糕一切为二,分成了两份。陆清岩还不饿,他的那份放到了冰箱里。

这时候,陆清岩的爸爸给他打电话了,他就先走到了阳台接电话。

林佑的眼睛转了转,视线落在了冰箱上。他可没忘呢,冰箱里还有一瓶气泡水。

看陆清岩背对着自己,林佑嘿嘿笑了一下,蹑手蹑脚地从冰箱里把气泡水拿了出来,火速开瓶,给自己倒了一杯。

这酒店里提供的气泡水说不上特别好,但也不差,从冰箱里拿出来,味道清甜舒爽,正适合泡完温泉的夏日夜晚。

林佑喝了两口,觉得配着草莓蛋糕正好。

等陆清岩接完电话回来,看见的就是桌上那瓶已经喝光了的气泡水,以及空空如也的蛋糕盘子。

林佑正一脸幸福地摸着小肚子。见陆清岩看他,他眨了眨眼,一副无辜又不悔改的嘴脸,仿佛桌上那瓶空掉的气泡水和他没有关系。

陆清岩简直没了脾气,他把那瓶气泡水拎了起来,看了林佑一眼,警告道:"你晚上敢闹的话,我就把你关门外。"

林佑吃饱喝足,哼了一声,地主老爷一样躺在沙发上。

"我也没喝多少,"林佑抬头看着陆清岩,灯光底下,他的眼睛又黑又亮,"不会闹的。"

陆清岩哼了一声。

他再信林佑那张嘴,他陆清岩的名字就倒过来念。

今天,林佑和陆清岩在外闲逛了一天,又去骑了马划了竹筏,两个人都挺累的,在客厅里聊了一会儿之后,二人就各回各房间睡觉了。

进房间前,林佑还查了一下庄园附近的攻略,发现离他们不远有个小瀑布。瀑布没啥稀奇的,但是那里还有条玻璃栈道,林佑想去。

"那你明天早点起来,晚了人就多了。"陆清岩说。

林佑打了一个哈欠,说:"知道了,我定八个闹钟。"

他的眼睛都要睁不开了,对着陆清岩挥了挥手,啪的一声就把门合上了。

陆清岩也回了房间,但一时半会儿还没有睡意,就从电视上随便点播了一部老电影,当催眠。

就在他快要睡着的时候,突然听见了一点声音,像是有什么东西摔在了地上。

隔着门板，这声音十分微弱。

陆清岩把电视关上，怀疑是不是自己听错了。

这么点声音本来可以忽略的，但一想到隔壁睡的是林佑，他还是从床上起身，穿过客厅去敲了敲林佑的房门。

他怕林佑睡着了，敲得很轻，声音也不算大："林佑，你睡了吗？刚才是不是你发出的声音？"

没有人回答他，空气里是一片死寂。

过了两分钟，在陆清岩以为林佑不会回答的时候，门内传来了轻轻的一声："老陆……"

这声音要多虚弱有多虚弱。

陆清岩脸色一变，立刻推开了门。

房间内一片昏暗，陆清岩把灯打开，明亮的白色灯光，亮得晃眼。

他一走进房间，就看见林佑捂着肚子难受得像小虾米一样蜷缩起来，额头上是细密的冷汗，脸色惨白。

陆清岩心里一紧，把林佑扶起来，问："你又怎么了？"

上次的支气管肺炎刚好没多久，林佑怎么又一副生病了的样子。

林佑从睡梦中醒来也不过十来分钟。

他刚刚跑了好几次卫生间，然后就倒在了床边。

林佑抓紧了枕头，紧紧地咬住牙关，咬得太用力，嘴唇间甚至尝到了血腥味。

他迷迷糊糊地感觉房门被人打开了，一点微弱的光亮从门口照进来。

在模糊的光影里,他看见一个熟悉的高大身影。一时半刻,他混沌的大脑想不起来那是谁。

但他下意识地对着那个人伸出了手,死死咬着下唇的牙齿也松开了,从喉咙里泄出模糊的声音:"陆……"

"我肚子疼。"林佑发出一声痛苦的闷哼,委屈地对陆清岩说,"吐了好几回,我是不是吃了什么不干净的东西,"

林佑痛得厉害,声音轻得几乎听不见:"我好难受啊老陆。"

真是个祖宗。

陆清岩拿他没辙,明明就在自己眼皮子底下,怎么会突然出事呢?

"我马上带你去医院,别怕,"他低声哄道,"很快的。"

陆清岩扶着林佑去了客厅,然后拿出手机拨打了陆北名的电话。

陆北名睡得正香,却被人突然吵醒。

他一看手机页面上是陆清岩这兔崽子,气得想破口大骂。他电话才接起来,陆清岩就言简意赅地通知他:"给我起来,小佑不知道吃了什么东西上吐下泻,你开车过来,我带林佑从电梯下去。"

陆清岩通知完就挂了电话,一句多余的话都没有。

陆北名愣了一秒,火速起床,连灯都来不及开。慌忙间他撞到了客厅的茶几,玻璃杯碎了一地。

巨大的动静弄醒了林斯予。

林斯予从另一个房间出来，费力地揉了揉眼，问："你干吗？大半夜的动静这么大。"

陆北名迟疑了两秒，还是选择了说实话："小佑好像又生病了，我赶紧接他去医院。"

林斯予顿时不困了，睁大了眼睛，下一秒就回房间换好了衣服，动作比陆北名还快。

陆清岩估算了一下陆北名过来的时间，准备带林佑出门。

林佑浑身脱力了一样，靠着陆清岩，眼睛还睁着，但是看得出来他并不清醒。

陆清岩怀疑自己上辈子一定欠林佑很多钱，这辈子才会要给林佑当牛做马。

怕林佑着凉，陆清岩用被单包着他，把他背起来，然后打开房门。

已经是半夜了，酒店里的人大部分睡了，电梯就在不远的拐角，只要他们迅速坐电梯下来，和陆北名汇合，就没事了。

陆清岩推开房门，刚走了两步就停了下来。

这层楼住的人很少，酒店里的住客，就算撞见了也不会打招呼，所以陆清岩一直不知道左右两边住的人是男是女。

但现在他知道了。他们左边住的是一个个子很高的成年男性，体魄强壮，穿着黑色的外套，身上酒味熏人，看着不是很清醒。

他大概刚从外面回来，还穿着外出的衣服，也不知道是不是遇见了什么事情，脸色很难看，听到动静，正直勾勾地盯着陆清岩和林佑。

这场景像恐怖片一样，半夜一点，高大阴沉的男人，和两个年轻的男生，在一条不长的走廊上对峙。

酒店的灯光很暗，照得这男人的脸阴森骇人。

这男人阴沉沉地打量了林佑两眼，盯着他们也不知道在想什么。

陆清岩磨了磨后槽牙。他失策了，应该让陆北名到楼上来接的，谁能想到半夜在酒店还能遇见醉鬼。

醉鬼是根本不讲道理的，尤其这还是个心情不好的醉鬼。

陆清岩打量了一下面前的这个男人。这个男人虽然高大，但不是他的对手，可他现在还得看着生病的林佑。

这男人醉醺醺的，甚至看不清对面是谁。他才刚踏出一步，那个年轻男生就抬起了头，像一条即将进攻的蝰蛇一样眯起眼，满含压迫和威胁地看着他。

"滚开。"他听见了这个男生的声音，像是下一秒就会爆发。

这个男生还很年轻，但他的身体已经有了成年人的轮廓，身上每一条肌肉线条都在昭示着他的力量。

这声警告让他混沌的大脑清醒了一瞬间，醉酒男人的脚步停住了，他看清楚了，对面并非他的仇人，只是两个陌生的年轻男子。

他迅速走进自己的房间，关上门，反锁，无声地让开了路。

陆清岩沉着脸扫了那紧闭的房门一眼，往电梯口走去。

陆清岩一出电梯，就看见林斯予已经守在了电梯外，陆北名的汽车也已经停在了酒店门口。

"最近的医院要开多久？"上了车，陆清岩问。

"二十分钟。"林斯予回答。

陆北名开车很快，甚至没用二十分钟就到了医院。

三个人火急火燎地把林佑送进了急诊。

这次有两个哥哥在，倒也轮不到陆清岩去沟通。陆清岩看着林佑可怜巴巴地歪在等候的座椅上，气不打一处来，同时又觉得心疼。

"你非得每次把自己折腾进医院吗？"陆清岩半蹲下身，抬头望着林佑，"看你这脸白的。"

他刚才已经听医生说了，林佑多半没人事，可能是吃了太多生冷的食物刺激了肠胃。

上次支气管肺炎过后，林佑的身体还没有恢复到以前的状态，本来就需要多保暖、多注意饮食。他想林佑都过了一阵子了，也就没看住林佑的饮食。

听完医生讲的情况后，林斯予放下心来："小佑应该没什么事，就是他情况特殊，估计得住医院观察几天。等他醒过来肯定得闹腾。"

陆清岩勾了一下嘴角："闹腾都算轻的，他怕是得气死。好不容易有个国庆七天假，结果全耗在了医院里。"

陆清岩猜得一点不错，林佑第二天在医院里醒来，一脸蒙地听完医生的叮嘱,知道自己要在医院住五天后,差点儿要撞墙以表抗议。

陆清岩隔着玻璃,削着苹果,轻松地看着林佑在里头转来转去。

如果是之前,这苹果起码得有一半进了林佑的肚子,但是现在陆清岩直接啃了一口,甚至懒得切块。

反正林佑也吃不到,因为他被关起来了。

说关起来可能不恰当,按照医生的解释,即使林佑现在看起来身体健康、活蹦乱跳,也还得在医院进行五天的观察。

陆清岩冷眼观察了一下,林佑所在的这个隔离房间被一道玻璃墙一分为二,隔成了两半。

大的那边关着林佑,小的那边放着几张沙发,方便家属们坐在沙发上观察林佑活动……说话还得通过墙上的一个扩音装置。

怎么看怎么不对劲。

"你这整的跟劳改犯一样。"这天早上,陆北名就不客气地吐槽道,还装模作样抹了一下并不存在的眼泪,"小佑,在里面好好改造,争取重新做人,五天后我们就来接你。"

林佑的回应是一拳头砸在了玻璃墙上。

好在玻璃墙结实,没碎。

林斯予和陆北名去给林佑交医药费了,林斯予怕林佑嘴挑,不喜欢吃医院食堂的饭菜,还特地给他定好了外卖,按时按点地送进来。

"你就放弃挣扎吧！"陆清岩把苹果核扔进了垃圾桶里，隔着玻璃墙看林佑，说，"再怎么蹦跶你也出不来。"

林佑蔫蔫地坐在玻璃墙旁边的扶手椅上，愁眉苦脸地跟陆清岩说："我怎么觉得我最近就没一件好事呢？"

"主要是你比较稀有，懂吗？"陆清岩试图安慰他，"大熊猫级别的保护动物。"

"滚。"林佑言简意赅。

林佑哀号了几声，知道已经没有办法了。昨天可以抗议的时候，他还是担架上的小白鼠，没有发言权；如今他已经被关进来了，只能听天由命。

林佑生无可恋地在玻璃墙内抛橘子玩。

谁能想到，他躲过了蔡小锅，躲过了国庆假期作业，却败给了区区一场病呢？

陆清岩本来在看手机，但是没看一会儿，视线不自觉地落在了林佑的身上。

林佑穿的不是医院常见的蓝白色病号服，而是一套纯白的宽松长袍。

白色袍子很长，一直垂到林佑的小腿，没有半点装饰，腰间一条松垮的蓝色腰带，圆领口，中间有一颗可以解开的小扣子。

林佑很适合这件白色长袍。陆清岩心不在焉地想着。

林佑现在不闹腾了，懒洋洋地坐在那里，纯白的袍子显得他眉眼清秀，像油画中的神职人员，有种奇异的圣洁与温柔。

过了一会儿,房间的门被人推开了,林斯予和陆北名走进来。

林佑看见他哥来了,立马委屈巴巴地看过来,满脸都写着"我想出去"。

林斯予不由得笑了笑。林佑这又皮又闹的性子,被这么关几天真是要他命了。

"好了,我这几天都在医院陪你,你想吃什么我给你买,你就当在这里休假。"林斯予走近哄他。

陆北名听到林斯予的话后,火速走到陆清岩身后,毫不手软地戳了自己弟弟一下,陆清岩抬头神色不善地看他。

陆北名用眼神示意:你的发小你照顾,少来祸害我兄弟。

陆清岩冷笑:凭什么?

他本来就打算陪着林佑,但多个林斯予也没什么不好,林佑说不定还开心点儿。

两个人互不相让地瞪了一会儿,七八分相似的脸上,神情如出一辙。

最后还是陆北名选择让步。他硬生生地挤出几个字:"你寒假想和林佑去哪儿,大哥给你报销。"

陆清岩悠然地站起来说:"成交。"

陆清岩走到林斯予旁边,诚恳地说道:"斯予哥,林佑现在没什么需要照顾的。我在这儿留下就行了,你跟我哥继续去玩吧。"

林斯予摇了摇头:"你跟北名去玩吧,我在这儿陪着小佑。"

陆清岩笑了一下："我看着小佑你还不放心吗？更何况我本来就是和小佑一起来的，现在他被隔离了，我一个人玩也没意思。我和我哥独处，不到半小时就得打起来。"

陆北名也在旁边帮腔："斯予，你是能陪小佑打游戏，还是能跟他聊篮球？清岩跟小佑反而合得来。"

林斯予一想有点儿道理，陆清岩和林佑从小一起长大的，自己跟林佑差了四五岁，不仅有代沟，兴趣爱好也完全不同。

林斯予扭头去问林佑，把选择权交给他："小佑，你想要谁陪？"

林佑趴在玻璃上，左看右看。一边是温柔美貌的林斯予，一边是陆清岩这个刚刚还在笑话他的浑蛋。

林佑撇了撇嘴，说："你和北名哥去玩吧，老陆陪我就行。"

陆北名对林佑投来了赞许的目光。

陆清岩却隔着玻璃敲了敲："我怎么觉得你还挺勉强。"

"本来就是。"林佑理直气壮，"我哥这么温柔好看，肯定看着比较养眼。"

陆清岩冷笑："那你干吗要我留下？"

林佑哑口无言。但过了一会儿，他把手贴在了玻璃墙上，像小猫爪子一样挠了挠，声音含糊道："因为习惯了。"

林佑说这话的时候，眼睛往下看，浓密的睫毛低垂着。他的声音很小，根本没从玻璃墙内传出来，但陆清岩懂了。

"那我也就勉强留下来。"陆清岩说得很慢，好让林佑明白。

林斯予和陆北名说着话,没注意到他们说了什么。但陆北名发现陆清岩和林佑隔着玻璃看来看去,像是达成了什么协议。

Chapter 06
一致对外

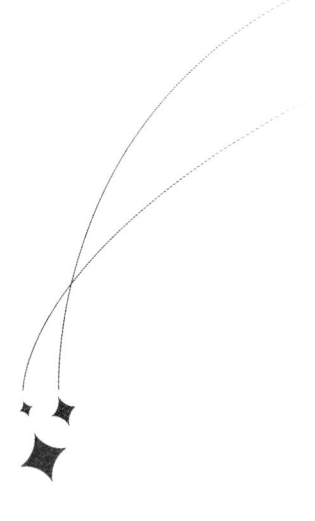

"老陆可以全权代表我。"

陆清岩在医院里陪了林佑几天,但每天只能留到晚上六点,六点后隔离区就谢绝探视了。

所以这些天晚上,他都是一个人住在度假山庄的酒店里。他打开客厅的电视,里头各种吵闹的声音不断,他却觉得过于安静。

陆清岩看了一会儿电视,也许是因为下午被林佑烦得够呛,竟然不知不觉睡着了。

电视里不放枪战片了,改放青春偶像剧。主角们青梅竹马,两小无猜,牵着手回家,走到小巷子口买了一束花,结果刚分开就遇到车祸了,一时间哭声震天。

陆清岩从梦中醒过来的时候,发现自己从沙发上摔到了地板上。

大概是因为头撞到了桌子,疼得要命,陆清岩脸色惨白。他没有站起来,就这么坐在地上。

室内灯光惨白,把陆清岩的影子映在地上。

他慢慢地站了起来,走到卫生间,用冷水洗了一把脸,瞬间清醒了许多。

他站在镜子前，看着镜子里的自己。

他从小就成熟冷静，远超同龄人。镜子里的人看上去根本不像十七岁，肩宽腿长，气度沉稳，眼角眉梢却锋利。

等陆清岩从卫生间出来的时候，放在沙发上的手机响了一下。他走过去，点开手机，是林佑发来的消息，让他第二天记得带海盐千层蛋糕。

陆清岩头疼地按了按额角。

第二天，陆清岩快到中午才去医院。

林佑等得百无聊赖，趴在床上玩游戏。游戏豆快被他输成负数，他气得直翻白眼。

见陆清岩走进来，他一个鲤鱼打挺从床上跳起来，丢下手机，走到玻璃墙边上，看着陆清岩从传递东西的小窗口里把蛋糕送进来。

海盐蛋糕大概是刚从冰箱里拿出来没多久，到林佑手上的时候还有点儿凉。林佑迫不及待地挖了一口吃，随即满意地笑了起来，眼睛弯成了小月牙。

陆清岩给自己带了一杯咖啡，是花魁拿铁。

其实，他根本不爱喝这种奶味过重的咖啡，但林佑喜欢。刚刚在咖啡店点单的时候，他鬼使神差地点了这杯。

陆清岩一边喝咖啡，一边看着林佑吃得满嘴奶油。

林佑埋头吃蛋糕，吃了一会儿又跟陆清岩点名第二天的甜点:"我明天想吃芝士乳酪。"

他说得理直气壮,支使人特别自然。

陆清岩觉得自己不能这么惯着他了,反问:"你以后遇到谁,都这么支使对方跑东跑西吗?"

林佑不知道自己怎么惹到他了,莫名其妙地看着陆清岩。

陆清岩意识到自己不该这么说,有点儿烦躁地挠了挠头发,解释道:"我今天起得太晚,起床气到现在都没散,你别理我就是了。"

林佑"哦"了一声,当真不再烦他,乖乖地趴在床上打游戏。

陆清岩躺在外面的沙发上。

他根本不是起得太晚,是一夜没睡,直到现在,他也没有睡意,只觉得心烦意乱。

第二天,林佑该出院了。

他这倒霉的观察期终于结束了,正好可以无缝衔接回学校上课。昨天,蔡小锅还操着老妈子般的心打电话来询问林佑的身体。

第二天上午,林佑出院了。

重获自由的第一天,再次感受到阳光的温暖,林佑简直喜极而泣,站在医院的台阶上就开始蹦跶。

可惜他还没蹦跶几下,他哥就沉痛地告诉他,蒋念女士听闻小儿子出院,十分欣喜,特意从千里之外发来问候,并叮嘱林斯予一定要把他送去上课,现在去还能赶上下午的课。

林佑一听脸就垮了,满脸不可思议。

"她儿子好不容易'刑满释放',她不关心一下我的心理健康,居然惦记着送我上课?"林佑的声音都抬高了八度,"她还是不是慈母了!"

林斯予把电话收了起来,同情地看着弟弟说:"妈就没当过慈母,死心吧。当初,我高三的时候也经历过类似的事情,国庆假期,她没让你去补课那已经是法外开恩。"

"可我才高二!"林佑不服。

"只要你上了高中,就没有人权了,认命吧。"

林佑顿时就蔫了,不情不愿地上了陆北名的车。

到学校时,他们正好赶上下午的课。

陆清岩和林佑在学校外吃完午饭,踏进教室的时候,午休才刚刚结束。

班里正在热闹地聊天,人家十分珍惜第一节课前的最后十分钟休息。

见陆清岩和林佑踏进来,班里一下子安静下来。

林佑走到自己的座位上,狐疑地看了看四周。他推了推前排的白鹭:"老实交代,你们这么看我干吗?"

白鹭倒吸了一口气,挣扎着是否要讲实话。她纠结片刻,推了一把同桌邵桉:"你讲。"

邵桉瞪了她一眼,回过头面对林佑审视的目光,缩了缩脖子,小声道:"也没啥,就是大概整个年级都知道你国庆假期吃坏肚子住院了。"

林佑差点儿一口水喷出来。他默默地在座位上坐下,书也不拿了，眼含威胁地扫过四方："你们谁给我解释解释，为什么我人还没到学校，这消息跑得比我还快。"

周围的几个人，看天的看天，吹口哨的吹口哨，就是不看林佑。

林佑的手指在桌子上敲了敲："给我说。"

最后，还是叶楠山被推了出来，毕竟他算是几个人里面最抗揍的。

叶楠山苦着脸道："我也不知道是谁先说出来的，其他班的人去办公室交东西，正好听见蔡小锅给你家里人打电话问情况，然后就听见了。再然后，等消息传到我们班的时候，全年级应该都知道了。"

林佑："……"

他就说为什么自己和陆清岩走进来的时候，一直被人行注目礼。

林佑快烦死了，在窗边竖了一个牌子：谢绝观赏，再看收费。

可惜才十分钟，就被蔡小锅当场捉拿。

蔡小锅很明白，枯燥的学习生涯里，祖国的花朵都被作业压得奄奄一息，一旦有了八卦消息，这些即将枯萎的花朵立马原地复活，从灵魂深处开始骚动。

于是，他拐弯抹角地给其他班的老师提了意见，希望其他班的人少来骚扰他们班的学生。

蔡小锅端着他的保温杯，语重心长地说道："我也知道我班上学生好看,但是好看又不是他的错,我们得从源头抓起是不是?"

其他班老师一推眼镜:"你准备怎么从源头抓起?"

蔡小锅微微一笑:"我看这群孩子就是精力过于旺盛,不如体育课绕操场跑个十圈吧。"

经此一役,高二(一)班门外闲逛的人很快散了个干净。

林佑知道以后感动得眼含热泪,想给蔡小锅送一面锦旗。

蔡小锅摸了摸林佑的头,慈爱地说道:"你少拿你那过山车一样的成绩吓唬我,就是给我积德了。"

不过,蔡小锅管得了学校内的,管不了学校外的。

一礼拜后,林佑和陆清岩就被外校的人给拦了。

林佑抬头一看,还是熟人。这不是高一跟他和陆清岩打过一架的那个吗?

"叫啥来着?"林佑苦思冥想,没能回忆起来。

陆清岩倒是对这张脸记忆犹新,说:"北高的,萧屏。"

林佑和陆清岩跟萧屏怎么认识的,这事说来话长。

高一的时候,其他学校的小混混蹲在他们学校调戏漂亮女生。

要说真做什么呢,那人也没胆子,但会吹口哨拦着人不让走,死缠烂打要电话号码,烦得那个被骚扰的女生差点儿哭出来。

当时,林佑正好从旁边经过,顺手就把这人收拾了,十分钟搞定。旁边被骚扰的女生看得愣住了,事后感激地给林佑送了一个多星期的牛奶。

那个小混混却一瘸一拐地爬起来,放狠话让林佑等着。

林佑压根儿没当回事。

没想到两天之后,这人还真带着一堆人堵在了校门口,各个人高马大的,一看就和那小混混不是一个量级的。

但是很不幸,那一天,林佑不是一个人走出校门的,他身边还带着一个陆清岩。

那时候,正值晚上放学,学校后门口人来人往,全是准备吃饭的学生。

十来个人高马大的男生没来得及反应,就被陆清岩和林佑联手摁在地上摩擦,林佑个子不算高,但动作快,下手狠。

陆清岩仗着身高优势,直接揪住别人的后颈,把他们脑门磕在一起。

半个小时后,地上躺了一圈人。

林佑和陆清岩一战成名,当时就被教导主任拎去批评教育了半小时。

事后他们才知道,隔壁学校的小混混,他哥哥是柔道部的。

他被揍了一顿,立刻跑去找他哥告状,也不说原因,只说自己被欺负了。他哥一听就火了,带着一堆人就来晋南找林佑算账。

结果,兄弟双双被揍了一顿。

林佑清楚这件事的来龙去脉,是因为那帮被揍的柔道部的人把他们部长,也就是萧屏给拽来了。

萧屏不像他的队员这么好忽悠,摁着那起头的小混混,逼他把来龙去脉交代清楚了。

而后,萧屏就压着那个人,连带他那个头脑简单、四肢发达的哥哥,一起来给林佑道歉。

林佑都快把这事给忘了,但看小混混哭丧着一张脸给他道歉,倒也有趣。

"让你们学校的人少来我们学校惹事。这次就算了,我也把他们打了一顿,算扯平了。"林佑说完,准备绕开他们,去找陆清岩吃饭。

没想到萧屏拦住了他。

萧屏比林佑高了一个头,人长得清秀俊美,一点儿都看不出是练柔道的,就是看着冷冰冰的,不好相处。后来,林佑才从班里人的八卦消息里知道,萧屏是他们学校的校草。

"你把我的队员揍了一顿,就这么走了,我面子也挂不住。"萧屏的声音没什么起伏。

"那你想怎样?"林佑反问。

萧屏淡淡地看他:"比一场,就我们。"

这场比试最终以平手结束,谁也没占到便宜。

那次之后,林佑和萧屏有过几次碰面,但都没说什么话。

如今,林佑又在校门口看见萧屏。

萧屏斜跨在一辆摩托车上,没穿校服,一身黑衣黑裤,背上的背包鼓鼓囊囊的，视线在走出校门的人中间来回穿梭，一看就很像来找事的。

林佑就纳闷了，萧屏比他跟陆清岩高两届，现在都上大学了，不至于还为了以前的旧怨来找他麻烦吧。

林佑走出来以后，萧屏的视线就锁定了。他将头盔往摩托上一挂，往林佑这儿走了过来。

林佑不解，跟陆清岩嘀咕道："我们学校最近有跟他们北高有过节吗？还是他又有哪个队员被揍了？可是又不是我揍的，找我干吗？"

陆清岩也看萧屏不爽。

两个人说话间，萧屏就走到了他们的面前。

大半年没见，萧屏好像又长高了一点，身材也更结实了，还是和以前一样，阴沉俊美，像个冷冰冰的雕塑。

"听说你最近病了好几次？"萧屏还是那种冷淡的口气，听上去非常像来找碴儿的。

他一开口就差点儿让林佑气炸了。

林佑现在最讨厌别人问他这个问题，当场脸就黑了下来。

是，他最近倒霉，进了好几次医院那又怎么样？

他又不是真的病秧子。平时他被自己人笑笑也就算了，萧屏算哪根葱。

"是，你有什么意见？"林佑不爽地问，攥紧了拳头，手指咔嚓响了一下。

他心里打定主意，要是萧屏再多嘴，就让萧屏知道花儿为什么这么红。

谁知道萧屏沉默了。他盯着林佑看了好一会儿，盯得林佑感觉背后发毛。

"你有事儿就说，看什么看……"林佑嘀咕道。

陆清岩看出萧屏不像是来找碴儿的。

果不其然，下一秒，萧屏就开口了。

"那你现在身体好了没有？"萧屏认真地盯着林佑问，"能跑能跳吗？"

"啊？"林佑蒙了。他差点儿就要撸袖子了，怎么萧屏却突然转变了画风。

他跟萧屏非亲非故的，萧屏问这干吗？

但他这人恩怨分明，虽然他对萧屏印象不好，但人家客气问了，他也只能放下挽起的袖子，敷衍道："早好了，今天还跑了一千米。"

萧屏笑了一声，打量了林佑几眼，凑近了一点，突然问："那你喜欢游泳吗？"

林佑更加疑惑了，但还是如实回答："喜欢。"

他的外号可是浪里小白龙。

林佑颇为得意地说道："我去年参加市里青少年运动比赛，游泳比赛还是第一名呢。"

当时，他拿了一个小奖杯回来，开心坏了。

萧屏笑意更深，又说："我找你就是为了这个。我组建了一个业余的游泳队，即将参加一项比赛，可是我们队里有人突然不能去了。"

他盯着林佑，笑着问："你能加入吗？"

萧屏笑起来其实挺好看的。虽然他是声名在外的刺头，但生了一副好皮相，这么一笑，倒是冲淡了眉宇间的阴郁。

林佑一开始还没反应过来，片刻后，指了指自己："我？你没搞错吧？"

陆清岩的脸色则黑得能滴出水来。

萧屏认真地看着林佑："对，就是你。你去年在市里举办的青少年运动会上拿了游泳单人项目冠军，是吧？"

一时间，周围人纷纷看过来。

自打林佑三人站在校门口开始，周围的学生就不自觉地放慢了脚步。林佑和陆清岩本来就在学校里颇具知名度，何况还加一个隔壁学校的前校草萧屏。

出于对林佑根深蒂固的刻板印象，他们一开始也以为萧屏是来挑衅的。

谁能想到，眼看就要爆发世纪大战了，下一秒居然急转弯，改成校园奋斗片了。

围观群众甚至还想买两斤瓜子一边嗑一边看。

林佑手里的书包差点儿掉了。他看着萧屏，真诚地发问："大兄弟，你找错人了吧？你们是北高大学的，我是晋南的，还是个高中生。再说了，我去别的学校游泳队效力，你是不是存心想害我被教导主任罚？"

虽说他们都不是什么小气人，但他跟萧屏好歹也曾经有过过节,萧屏是哪根脑筋不对,要找他当队友?

萧屏气定神闲地说:"不是学校游泳队,是我们业余组织的。在业余体校训练,你要是愿意,之后也可以直接加入我们。"

说完这句,他又补充道:"其实我很早就知道你了,只是一直没找着机会好好和你聊聊。交个朋友吧,林佑,我还挺欣赏你的。"

围观群众发出了"哦"的一声。

这是什么青春励志片剧情。一个是晋南的刺头,一个是北高曾经的老大,按照电影套路,马上就会一路又比拼又彼此欣赏,最后携手拿下全国性比赛了,想想还挺带劲。

不等林佑回答,陆清岩就挡在林佑的面前,面色不善地看着萧屏,说:"林佑没空。"

萧屏不满地看着陆清岩,问:"你凭什么代表林佑?"

林佑从陆清岩的背后探出脑袋:"老陆可以全权代表我。这位朋友,我真不合适,祝你早点找到合适的队友。"

萧屏面对林佑,面色倒是缓和了不少。他态度温和地跟林佑解释道:"我看过你的游泳表现,很不错,我是诚心实意邀请你的。"

"我没指望你今天就答应我,我只是希望你能考虑一下,实在不行,交个朋友也好。跟我当朋友还是不错的,遇上事情,你说一声,我们兄弟都站你。你也别总听陆清岩的,他又不是你的监护人。"萧屏故意把最后一句话说得很慢,咬字很重,还扫了一眼陆清岩。

"我就喜欢跟老陆玩。"林佑嘀咕道。

萧屏笑了:"也许在不久的将来,你就改变主意了。"

陆清岩皱眉:"不管多久,都没你什么事。"

他对萧屏的挑拨离间,很有意见。

如果说萧屏之前只能算在他的灰名单里,那现在就是黑名单了,永不释放的那种。

萧屏也没和陆清岩抬杠,他的目标又不是陆清岩。

他拉开背包,把准备的礼物丢到了林佑的怀里:"送你的。"

不等林佑拒绝,他就迈开腿重新跨上了摩托,开走前还对着林佑笑了一下,说:"有空带你去兜风。"

紧接着,就跟一阵风一样走了。

萧屏走了,围观群众却很恋恋不舍,不舍得这场大戏落幕,又伸长脖子看着林佑和陆清岩。

萧屏扔礼物的时候,林佑没反应过来,等人走了,他才去看怀里是什么。

这个礼物分量还挺沉的,林佑打开一看,是一双球鞋,还恰好是他没抢到手的那双限量款球鞋。

"这兄弟挺会送礼。"林佑的眼珠子就差黏鞋子上了,他没忍住,摸了摸那双鞋。这鞋限量发售,还是在国外,他稍微慢了一拍就售空了。

陆清岩的脸黑得更厉害了。

他给林佑准备的新年礼物就是这个,高价收购的。结果他还没来得及送出去，就被萧屏抢先了。

他啪的一声把林佑怀里的盒子合上，说："别看了，我那儿也有，特地给你买的，少看这种赃物流口水。"

林佑顿时不眼馋了，反正也没想收。

他乐了，跟陆清岩往马路对面走，还念叨着："真的？你什么时候买的？"

陆清岩不乐意让林佑抱着那盒子，一把拎过来，说："早就订了，但还在路上，本来准备给你当新年礼物的。"

林佑喜滋滋地笑起来。

看陆清岩想把盒子扔进垃圾桶，他赶忙阻止："别扔，回头还给他。我才不要收别人的东西。"

陆清岩一听，也不扔了："不用你去，我还给他好了。"

林佑和陆清岩晚饭去吃了牛肉粉丝汤，还要了一笼蒸饺。

林佑放了太多辣椒，辣得鼻尖都冒汗了。

陆清岩低头喝了一口汤，却不小心被一粒辣椒呛到了，咳得惊天动地。林佑还在旁边没心没肺地笑话他。

吃完晚饭，他们还得回学校上晚自习。

坐到座位上的时候，四面八方的几个损友也全都就位了，眼神雪亮地看着他们。

林佑就没指望刚才的事能瞒过他们。他拿手撑着头，看着这几个家伙："怎么了，刚刚你们也在校门口？"

几个人嘿嘿笑起来。

叶楠山说："侯子成在，他给我们直播的。"

侯子成扔铅笔砸叶楠山："你这个叛徒。"

"我还以为那个萧屏是来找碴儿的，本来还想去支援你们，谁能想到突然变成邀请林哥入队。"侯子成也很震惊。他看着林佑，百思不得其解，"他是不是眼神不好，之前还跟你有过节，现在又说欣赏你。林哥，别上当，说不定这人是图你帮他补习英语。"

侯子成装得一副煞有介事的样子。

"滚开。"林佑骂他。

但闹归闹，他们也好奇林佑的想法。

叶楠山看着林佑，吞吞吐吐地问道："林哥，你要考虑答应他不？这种比赛是不是有加分？你要不就去呗。"

"得了吧，林佑压根儿不缺那几分。"白鹭拿课本当扇子，扇了扇风，"去培训还耽误他上课呢。"

叶楠山懒得理她，扭头问林佑："林哥，你的想法呢？"

林佑头也不抬："没空。"

几个人说话间，蔡小锅已经进门了，一眼就看见林佑这边热闹得像菜市场。他抬高嗓门："林佑，又是你！晚自习又带头讲话！"

林佑觉得自己冤得慌。

晚自习开始后，林佑和陆清岩分工合作，两个人第一节课就把作业给写完了。剩下的时间，林佑都偷偷摸摸地在下面刷手机。

刷了一会儿，林佑拉了拉陆清岩的袖子，憋着笑说："老陆，给你看个东西，笑死我了。"

陆清岩把头凑过来一看。

那是白鹭分享给林佑的一个帖子。

下午，萧屏在校门口挖林佑去游泳队，这事在这帖子中进行现场直播，图文并茂的，还将萧屏、林佑、陆清岩对峙的场面拍得清清楚楚。

高中生涯本来就枯燥，难得有热闹看，看帖的人都骚动起来。

有人愤愤不平地说："北高没人了吧，专跑晋南来挖人。"

也有人持不同意见。

比如第48楼："其实，林佑的脾气还可以，我之前找他借过几次试卷，说不定这次会帮呢。"

但林佑要给陆清岩看的不是这个。他往下滑了滑，滑到了最后。

最后几楼有人说："你们觉不觉得图上陆清岩的表情不太对，萧屏邀请的是林佑，他的脸色这么差干吗？"

172楼："可能是看见有人想挖走自己的好兄弟不爽？"

173楼："楼上说得对，我一直觉得陆清岩是林佑的亲哥，天天同进同出的。"

174楼："管他亲哥不亲哥的，林佑这么大了，陆清岩总不能干涉他交友。说不定林佑回头发现萧屏那一帮兄弟也不错。"

后面就彻底歪楼了，有人开始说陆清岩和萧屏谁更帅，谁当朋友更义气，还有人挖掘出那些年关于陆清岩的八卦消息。

林佑憋着笑，给陆清岩看："老陆，你这都是什么奇奇怪怪的谣言，我怎么不知道。"

他越想越觉得搞笑，但顾及台上的蔡小锅，不敢笑得过于放肆，只是两个肩膀一抖一抖。

他看陆清岩不笑，奇怪地问："你不觉得搞笑吗？"

陆清岩皮笑肉不笑地扯了一下嘴角，他可一点儿都笑不出来。

Chapter 07
烦心事

偌大的一个天台，塞了两个心烦意乱的人。

林佑没想到第二天傍晚，萧屏又在学校后门口堵他了。

　　萧屏和昨天一样骑着摩托来的，手上还拎着一袋子东西。

　　林佑这天是一个人从后门口出来的，陆清岩临时被老师喊去有事，不能跟他吃晚饭了。

　　林佑想了想，虽然陆清岩说要帮他还这个鞋，但这事儿说白了是他自己的事情，正好北高大学也不远，他就把鞋子装进了包里，准备吃完饭就去找萧屏。

　　现在萧屏又出现在门口，倒是省得他再跑一次。

　　他跑到萧屏的面前，把装着鞋子的盒子往萧屏手里一扔："还你，我这人不随便收人东西，心意我也不领。"

　　活脱脱一副铁石心肠的冷淡嘴脸。

　　萧屏不气，也不和林佑争辩，把手上那一袋子东西塞到林佑的怀里，说："鞋子不收，那吃的能收吧。我妈做的点心，比外头许多蛋糕房的好多了。"

　　林佑一愣。

　　这位朋友也是个脑回路清奇的，谁会为了找人加入游泳队,把自己老妈做的点心都拿出来?

他刚想往回推,萧屏却说:"你要是不收,我明天还来。你收了我明天就不来。"

林佑一听,推回去的手就顿住了,但他不傻,认真地抬头问:"那你后天呢,来吗?"

萧屏被他逗笑了:"来,每天都来。"

林佑不高兴了:"那我不收了。"

萧屏大笑。

他很少笑这么开心,但林佑真的很有意思。

不过,他有心要和林佑好好相处,不准备把林佑惹毛。

"我接下来都没空来,马上就要入队训练,哪有这么多时间?"萧屏跟在林佑的后面进了饭店,厚着脸皮跟林佑坐一桌,点了份炒饭。

林佑拿他没办法。他没惹事,林佑也找不到理由揍他。

"如果老陆在这里,绝对要赶你走了。"热气腾腾的三鲜面上桌,林佑一边拿筷子,一边对萧屏说,"你算是遇见我,脾气好。"

虽然除了他自己,没人觉得他脾气好。

"你跟陆清岩关系很好吗?"萧屏脸上的笑意微微收敛了。他不急着吃自己那份炒饭,支着下巴看林佑。

"那当然,"林佑的眼睛一下子变得亮晶晶的,"我跟老陆可是十几年的兄弟。你知道吗?我们一起长大的。"

萧屏的嘴角更平了。

林佑还在嘀嘀咕咕讲陆清岩:"老陆这人特别好,我不是因为他是我兄弟才替他说好话,你跟他比差远了……"

萧屏心想:你可闭嘴吧。

他拿起勺子也开始吃炒饭,假装听不见。

林佑快速地往嘴里塞吃的,想争取早点吃完摆脱萧屏。

萧屏也看出来了,感到有点儿无奈,也有点儿好笑,因为林佑差点儿噎着自己。

"我接下来真的有训练,来不了,用不着这么防我。"萧屏说,"但我也纳闷,我这人没什么大毛病吧,说找你交个朋友也是真心的。你怎么这么不待见我?"

林佑把嘴里的面咽下去,擦了擦嘴才说:"我看你哪儿都是毛病。"

他话说得狠,其实有点儿心软。

他这人看上去咋咋呼呼,其实从小就容易被假装残疾的乞讨的骗走零花钱。萧屏态度强硬还好,一示弱他就有点儿招架不住。

当萧屏把那盒小点心又塞进林佑手里,还对他笑时,他板着张脸,没好意思扔出去。

"下次,我再买些其他东西送你,最近实在没时间。"萧屏跟他解释。

"免了。"林佑撇嘴,毫不留情地跑了,生怕萧屏追上他。

萧屏在后面看着他跑远,没追上去,却忍不住笑了笑。

林佑绕到隔壁去打包了一份炒米粉，装进了背包里，在门卫的眼皮子底下一路混进了教室。

这是给陆清岩带的。

林佑回到教室的时候，陆清岩也正好回来，看见他咔嚓咔嚓地啃曲奇饼干，问："你还买点心了？"

那包装又不太像学校旁边的蛋糕店的。

"萧屏送的，还挺好吃。"林佑说。

陆清岩一听，脸色就变了："他又来了？"

"对。不过他说最近都没空来烦我了，他们学校要训练。我把球鞋还给他了。"林佑还拿了一块饼干给陆清岩，"我看他可怜，就收了点心。你别说，比蛋糕房的好吃。"

陆清岩捏着手上那块饼干，心里骂道：萧屏哪里可怜？也就林佑不关心校外的事，随便逮个北高的人，都会评价萧屏面冷心黑。

但他没说什么，懒得多提萧屏一句。

陆清岩没想到，萧屏人是没来，但接下来的一周，陆陆续续让其他人给林佑带礼物，收买之心，昭然若揭。东西倒也不出格，什么漫画、零食，还有一个游泳帽。

林佑拿到的时候，嘴角直抽。

林佑前后左右的人都跟着沾光吃了不少零食，侯子成那个没眼色的，已经开始劝林佑就跟萧屏去那个游泳队。

当萧屏送来第八件东西的时候，陆清岩没跟林佑说自己去了北高大学。

陆清岩在北高大学也有认识的人，直接找人带路到了萧屏练习的柔道室。

此时柔道室里只有萧屏和几个队员，背后的窗户能看见成荫的绿树，几个人有说有笑。

看见陆清岩出现在门口，萧屏挑了挑眉毛，对周围的几个人说："你们先走吧。"

那几个人有点儿不愿意，但想想萧屏多半不会吃亏，就走了。

陆清岩请了晚自习的假，骗林佑说他哥让他帮忙回家领个东西。林佑傻乎乎没有怀疑，还问他这天回不回宿舍住。

陆清岩把包扔到了一边，走到了萧屏旁边。他没客套，直截了当地问萧屏："你知道我是来干吗的吧？"

萧屏拍了拍衣服，看了一眼陆清岩："我看你是想来和我动手的。"

陆清岩笑了一下："没错。"

下一秒，两个人就打了起来。

萧屏是学柔道的没错，但陆清岩也不是吃素的。他爷爷退休前是部队的，小时候他跟他哥被扔到爷爷那儿锻炼，大了一点儿后，什么五花八门的格斗技巧都学了一点儿。

林佑和他打成平手，那是因为他让着，但萧屏，他不仅不可能让，还拳拳到肉。

半个多小时以后，他就把萧屏摁在了地上。他没用力，但是控制住不让萧屏起来。

陆清岩的脸上也挂了彩。他盯着萧屏，眼神冰冷："少来带坏林佑，林佑心软，不好意思把话说太狠，你别仗着他好说话，就纠缠不放。"

萧屏躺在地上，背部抵着冰冷的地板。他看着陆清岩，嗤笑了一声，毫不犹豫地戳穿了陆清岩："林佑又不是你一个人的哥们儿，他爱跟谁交朋友，都是他的自由。我欣赏他，想邀请他多来玩儿，又碍着你什么了？"

陆清岩的瞳孔一缩，抓着萧屏的手下意识用力了一点，又很快松开。

萧屏咳嗽了一声，不屑地看着陆清岩道："你真好笑，我打听过林佑的情况，他确实从小住你家，但他有哥哥有姐姐，你还真把自己当他监护人了。你配吗？"

陆清岩被这么挑衅，又想揍人。但他盯着萧屏看了一会儿，把萧屏松开了。

萧屏眼角眉梢都是不屑，冷笑着说："陆清岩，你也挺可笑的。"

陆清岩站了起来，没管地上的萧屏，去拎起包，然后回过头说："你再来打扰林佑的生活，我就接着揍你。"

他说完这句话就走了。

过了几秒，萧屏的队员们从门口溜进来，忙不迭地把萧屏从地上扶起来。

他们和萧屏是真的关系好，虽然萧屏这人看着挺浑的，但是对朋友和队员都没话说，所以他们一个个义愤填膺的。

萧屏从他们手里拿了一张纸巾,吐出了一口血水,刚刚他把嘴咬破了。

部员之一给萧屏出主意:"老大,我听见你们说话了,这陆清岩不占理,那我们就捅给林佑,让他们翻脸。"

萧屏翻了一个白眼。他一巴掌拍在那人头上,说:"你是不是傻。"

那人不明所以,眨着眼睛看萧屏。

"他们一起长大的,林佑那小傻子偏心陆清岩偏得没边了。他才不管陆清岩占不占理。"萧屏想起这事就糟心,"再说了,我用得着去告状?你们的嘴给我闭严实了,一个都不许说出去。"

其他人恍然大悟,纷纷捂嘴保证。

陆清岩回到学校的时候,离晚自习下课还有半小时。

他从后门刷卡进来,门卫对他很熟悉,睁一只眼闭一只眼,念叨了一句:"老是请假下次可考不了第一。"

陆清岩笑了一下,对他们摆了摆手。

学校里的每一栋教学楼,从一楼到四楼的灯都是亮的,在夜里十分醒目。每一个教室都有几十个学生在写作业,或者趁着课间十分钟的休息聊天吃零食。

林佑也在这些学生里面。他早就写完作业了,但是今天身边没有陆清岩,只能百无聊赖地一个人趴在桌子上。

陆清岩踩着路灯投下的光圈,走到了教学楼门口,却拐了一个弯,绕到了另一边。他没进教室,而是去了南楼。

陆清岩刷卡进公寓,顺着侧面的楼梯一路走到了天台上,月色澄澈如水,天台上空无一人。

现在已经是十一月底了,夜风很冷,他挑了个背光的地方坐了下来。

林佑对他来说,一直是兄弟一样的存在。他们从小一起长大,上一样的学校,未来会找离得近的工作,以后的几十年都会在一起。直到他们变成白发苍苍的老头子,坐在躺椅上一起晒太阳。

陆清岩知道自己对林佑有点儿保护欲过盛,却在心底找了无数借口,回避了这个问题。如今被萧屏点出来了,他的心头陡然升起了一股不快,却又不知该对谁发泄。

陆清岩在天台上坐了一会儿,天台的门被人推开了。他回过头看了一眼。

夜色里,从门后走进来一个高挑的身影,穿着和他一样的黑色校服,皮肤很白,眉眼乌黑,有种说不出的冷清感。

薛宜炘看见了陆清岩,随意地打招呼:"你也在这儿。"

陆清岩看着薛宜炘走过来在自己身边坐下。他有点儿稀奇,看得出来,薛宜炘应该也是有烦心事。

偌大的一个天台,塞了两个心烦意乱的人。

陆清岩望着那教室里一盏一盏关掉的灯。

整个校园都充斥着学生的说话与笑闹声,混在一起。林佑的声音也在其中。

陆清岩突然问薛宜炘："你跟唐棋认识很久了吗？"

薛宜炘有点儿诧异地看了陆清岩一眼。

"也不算吧，初中开始，"他说，"比起你跟林佑的相识时间，当然是短了很多。"

"那你们怎么认识的？"陆清岩又问，"我发现唐棋好像没有别的朋友，天天跟你在一起。"

薛宜炘嗤笑了一声，抬头看着陆清岩。

"这很奇怪吗？他初中时，我们就认识。他脾气软，胆子小，需要我照顾，而我也愿意照顾他。"薛宜炘淡淡地道，"也不是没人说过，说他太依赖我了，可我管别人怎么看呢，唐棋和我觉得自在就行。"

他声音不大，说话却斩钉截铁。

他个子高，看着斯斯文文的，像是一个好脾气的人，但他现在微微扬眉，望着前方，眼神里充满了不屑，像是谁都不放在眼里。

薛宜炘看了一眼时间，站了起来："我先回去了，唐棋回宿舍了。今天我们就当没见过。"

他说完就冲着陆清岩摆了摆手，往门那里走去。

等陆清岩回到宿舍的时候，宿舍的钟摆已经走过了十点。他打开门，屋子里没有开灯，窗帘却没拉，朦胧的月光照亮了室内。

林佑坐在客厅的沙发上，蜷成一团，睡着了。

陆清岩换好鞋子，轻手轻脚地走过去。

澄澈如水的月光里，林佑闭着眼，嘴唇微微张着，睫毛在朦胧的光影中根根可数。

林佑像是感觉到了什么，皱了一下眉，挣扎着睁开了眼睛。

"你回来了。"他声音含糊地说，费力地抬头看着陆清岩，嘀咕道，"几点了？"

"你怎么在这里睡着了？"陆清岩问。

林佑打了一个哈欠："等你。我给你发短信你也没回，我就坐这儿等你一会儿，结果等得睡着了。"

说话间林佑又打了一个哈欠，睫毛上沾了一点溢出来的眼泪，一副迷糊的样子。但他下意识地对着陆清岩笑了一下，嘴角翘起来，露出左脸颊一个不明显的酒窝。

十五分钟后，陆清岩和林佑一起坐在客厅吃起了夜宵。

林佑被吵醒以后，眨巴眨巴眼睛，发现自己饿了。

他也不觉得困了，满客厅转悠着找吃的，最后翻出来两个自热火锅。他倒上水，虔诚地等着开盖的那一刻。

陆清岩一点也不饿，纯粹是为了陪林佑。

"对了，你刚刚晚自习没来，后天又得月考了，"林佑埋头吃饭，突然想到这事，"蔡小锅刚刚念叨了得有十分钟。"

月考每个月都有，陆清岩也不在乎，"嗯"了一声。

"不过重点不是月考，"林佑很兴奋地说，"这次月考过后，周五三点就放学，班里包了场去看电影，看完再一起吃个饭，你去不去？"

"你们这是准备背着蔡小锅浪一下？"陆清岩笑道。

"废话，下个礼拜开始双休就没了，亏大了。"

林佑撇了撇嘴，这事是上周末宣布的，下周末开始高三学生只剩下一天假期，高二则是一天半。

陆清岩一看林佑这样子，就知道他想去。

林佑爱凑热闹，小时候甚至会搬个小板凳坐在门口看大妈吵架。

"行，去吧。"陆清岩说。

林佑一下子就笑起来了："好嘞，我去跟白鹭说，把我们算上。"

他三下五除二把自己那份火锅吃了，拍了拍圆溜溜的肚皮，惬意地叹了一口气，说："我洗漱去了。"

他站起来，揉了揉眼睛，走到浴室里去刷牙。

没一会儿，陆清岩也进来拿了牙刷，不大的浴室里站了两个男生，尤其是人高马大的陆清岩，显得有点儿挤。

林佑嫌弃地看了陆清岩一眼，他嘴里都是泡沫，含糊不清地说："你就非得和我抢地方。"

他一边说一边给陆清岩让开了位置。

吃完夜宵，两个人都坐在客厅里面看错题集。虽说他们都是羡煞旁人的学霸，但是考试前该有的复习，还是要有的。

林佑的语文跟物理这两科目差一点，正皱着眉头看自己这个月的试卷。

他一想题目脸就会缩成一团，光着脚踩在沙发上，那样子看着跟个小猴子似的,但因为脸长得好看,不会觉得奇怪,反而还有点儿可爱。

陆清岩已经扫完了林佑的数学卷子,问他:"有不会的题目吗?"

林佑也不客气,把卷子推过去:"这两道,课上没听明白。"

陆清岩接过来一看,轻轻地扫了林佑一眼,说:"你上课开小差了吧,旁边连一点步骤都没有,又折小青蛙呢?"

林佑其实打小就聪明,但是耐性不行,课上总是开小差,小的时候更严重,窗户边飞过一只蝴蝶都要盯许久。

他到初中开始懂事了,又被陆清岩看着改作业,才慢慢矫正了不少。

但就算如此,林佑也很难保证一直集中注意力,有时候仗着智商高,还偷偷摸摸干点别的。前几天,陆清岩就发现他在课桌下折小青蛙和天鹅,还拿画笔给折纸动物上了色,最后小动物都栩栩如生。

也得亏他看了这一眼,不然林佑再过几秒就要被蔡小锅逮着了。

林佑也知道自己这个毛病。他吐了吐舌头,满不在乎:"别忙着训我了,跟我妈似的。"

陆清岩轻嗤了一声:"有本事你去蒋阿姨面前说。"

林佑理直气壮:"我不敢。"

他一边说一边把笔递给陆清岩:"快点讲,别磨蹭。"

陆清岩笑了一声,接过笔,开始认认真真给林佑分析题目。

其实，自从林佑上初中后，陆清岩能给林佑讲题目的机会就少了。

小学的时候，林佑还带着点婴儿肥，脸蛋圆乎乎的，即使总是调皮捣蛋、做不完作业，也让人不忍心骂他。每次期中期末考试，他都可怜巴巴地求陆清岩救自己一命，要求也不多，能有十几名就好。

陆清岩表面绷着一张脸，其实心里也觉得林佑这样乖得很，装模作样数落两句，抖一下做哥哥的威风。

像今天这样还能给林佑讲题的事，陆清岩表面不显，心里还挺怀念。

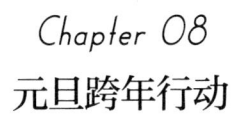

Chapter 08
元旦跨年行动

"老陆,你说元旦的时候会下雪吗?鹅毛大雪那种。"
"会的,一定会有大雪。"

这次的月考，陆清岩和林佑一个年级第三名，一个年级第四名，正好是前后桌。

其他朋友兵分几路，哪个班都有。

考试之前，叶楠山带头，一个个往陆清岩身上扑，表示要吸一吸学霸的运气，陆清岩双拳难敌四手，被压在了最下面。

陆清岩骂道："你昨天多看两道题比什么都有用，临时抱佛脚不是让你抱我。"

"别小气嘛，陆哥。"

林佑一开始还在看热闹，但是看了一会儿又不干了。他撸起袖子，一把揪住了侯子成的衣领子，把他从桌子上拉开。

"干吗？干吗？不许欺负老陆。"他把这几个男生拉开，明明还没陆清岩高，却像小公鸡一样气势汹汹，驱赶着旁边几个人，"快点去准备考试，少搞歪门邪道。"

陆清岩其实也没觉得这几个人的重量算个事，但看林佑一副护短的样子，情不自禁地笑起来。

一群人嘻嘻哈哈往外走，准备去各自的考场，林佑嘴里嚼着陆清岩投喂的牛肉干，不满地问："话说你们怎么不找我呢？我的成绩也好。"

叶楠山跟侯子成面面相觑。

因为闹腾陆清岩几下，林佑扒拉他们也就是毛毛雨，雷声大雨点小，都不用力。但他们要是去闹腾林佑，万一磕着碰着了，陆清岩这个面慈心黑的，估计就真下手了。

不过，这话可不能说，几个人瞅了陆清岩一眼，对林佑说："您太霸气了，我们不敢，要挨揍。"

林佑吃着牛肉干，总觉得哪儿不对劲，疑惑地皱了皱眉头。

陆清岩倒是猜出了几分，好笑地看了他们一眼。

说话间，就已经到考场了，几个人挥挥手，各自进入教室。

林佑和陆清岩就在（一）班考试，这个考场里的学生都是年级里的尖子，格外认真，没人交头接耳，除了两个补觉的，剩下的人翻着笔记，也不是临时复习，就是下意识找点事情做。

林佑找不到可以搭话的对象，百无聊赖。他安静不下来，随便撕了两页笔记本，折了一个小青蛙，手指轻轻一按，那小青蛙就跳到了陆清岩的手背上。

陆清岩抬头扫了一眼，只见林佑趴在桌上，下巴搁在手臂上，歪着头冲他笑，眼睛都弯了起来，露出脸颊上的小酒窝。

"老陆，比赛吗？这次看我们谁分数高？"林佑问。

"什么奖励？"陆清岩问。

林佑一时间还真没想到。

但就在这几秒间，监考老师已经进来了，敲敲讲台，让大家安静。

林佑只能扔下一句:"先欠着。"

他转了回去,百无聊赖地转着笔,等着老师分发试卷。

考试期间,教室安静无声。

陆清岩写完英语试卷还剩下半个多小时,便不自觉地看着前面的林佑发呆。

现在天慢慢变冷,林佑穿了一件红色的毛衣,他皮肤白,穿这些暖色的衣服越发显得唇红齿白。

陆清岩的笔在手上转了一圈,"啪"的一声掉在了桌上。

天气逐渐萧索,窗外树上的叶子都快掉光了,只剩下灰褐色的树干。

监考老师盯学生盯久了也无聊,懒洋洋地打着哈欠,满教室的学生都在奋笔疾书,争取在响铃前再写两个字。

环顾满场,只有教室第一排靠窗两个位置上的学生,极其不务正业。

坐在前排、穿着红色毛衣的那个同学,偷偷拿着草稿纸不知道在画什么;而坐在后头的那个同学,一直发呆,半天都没转一下视线。

监考老师敲了敲自己手里的板子,想把这两个学生拎过来教育一下,但一看这两个人写满了的卷子,又只能憋住。

他下来巡视考场的时候,路过林佑旁边,下意识往人家的草稿纸上看了一下,心想,这个学生不务正业在干吗。

可林佑的胳膊恰好把草稿纸给挡住了,他只隐隐约约看到一团墨色。他的视线收回来,又瞥了一眼林佑的卷子,匆匆看了几眼大题,都是对的。

林佑不知道是心虚还是什么,抬头看了这老师一眼。监考老师倒也没为难他,还笑了笑,说了一句:"好好检查,别浪费时间。"

说完他就踱步走了,又去盯其他学生。

等老师走了,林佑才舒了一口气,把胳膊从草稿纸上挪了开来。

他其实没画什么见不得人的东西,只是刚才太无聊了,顺手在草稿纸画了陆清岩的速写。他虽然看着是个皮猴,但从小就跟着爷爷学美术,绘画基础很好。

画并不精细,只是一个坐着写题的侧影,但林佑太熟悉陆清岩了,寥寥几笔,神韵俱在。让认识陆清岩的人来看,一眼就会看出来。

林佑盯着这侧影看了一会儿,突然笑了一下,抬起手在陆清岩的脸上添了几根胡子。

等到考试铃声响起,他把这草稿纸往笔记本里一夹,又笑眯眯地跟陆清岩去吃饭了。

周五的考试结束以后,全班人都像出笼的鸟,得到了短暂的解放。

刚刚考试的最后一门是政治,也没几个人对答案,吵吵嚷嚷地都在聊天,商量着待会儿要去哪儿。

林佑周围这几个同学已经动作利索地收拾着东西，只等着下课铃响起，直奔市区。

"你们定的什么电影？"林佑嘴里咬着一个奶味的棒棒糖，含糊地问。他的嘴唇上沾了一点儿糖渍，亮晶晶的。

白鹭头也不抬地说："《末日孤岛》，科幻片。"

"你们这可真够带劲的，一考完就去看末日降临的片子，一点也不热爱和平。"林佑说。

他又转过头看侯子成，问："听说你女神也来是吗？"

侯子成的脸上居然露出了一点不好意思的神情："她学校也考完了，我就约她一起来，待会儿在电影院门口会合。"

林佑看着侯子成那样，摇了摇头，感叹道："这都冬天了，你怎么还跟春天似的。"

侯子成嘿嘿笑了两下，没反驳。

陆清岩在旁边没说话。他考完试就有点儿头晕，其他人没意识到他不舒服，毕竟他平时就不是话多的人。

只有林佑转过来，问陆清岩："你怎么了？哪儿不舒服吗？"

说来也奇怪，林佑算不上细心的人，陆清岩表面看上去完全没有异样，连脸色都没变，但他却直觉般怀疑陆清岩不太舒服。

陆清岩摇头："刚刚教室开空调有点儿闷，现在好了。"

他对林佑说："你待会儿想吃什么？"

林佑想了想，扭过头去跟白鹭他们商量："你们想吃什么？

烧烤、烤肉、火锅？"

最终，火锅以四票通过，陆清岩弃权。

看电影的时候，林佑他们总算见到了侯子成的女神周晓妮。那是一个很漂亮的女孩子，穿着白色的毛绒外套和红色的格子裙，头发很长，笑起来也很甜，就是看着有点儿害羞。

侯子成这大傻子，自从见到周晓妮以后就跟大金毛一样绕来绕去，还跑去给周晓妮买奶茶，还给每个人都买了一份。

白鹭握着那奶茶，十分感动："认识猴子两年了，这是第一次喝到他上供的奶茶。"

侯子成当着周晓妮的面，要保持风度，懒得搭理她。

一群人嬉闹着走进了电影院。

他们包的是个家庭影院包间，里头是几张横着的大沙发，别说靠着，躺着都行，每个人都挑了自己舒服的姿势倒下去。

林佑自然而然地坐到了陆清岩身边。他本来挺老实地坐着，结果看了没一会儿就躲到陆清岩身后去了。

"你害怕吗？"陆清岩低声问林佑。

"不怕。"林佑飞快地回答。

陆清岩抬起眉："那你躲到我这儿来？"

屏幕上正好是一个怪物与人打斗的场景，猩红的颜色糊了一屏幕。林佑往后退了退，皱着眉说："不是怕，就是这画面有点儿恶心。谁起头要看末日片的？看点特效烧钱的科幻电影不好吗？"

陆清岩很想问林佑"你躲我旁边来，难道就不恶心了？

讲不讲道理了？"

但林佑跟他，向来是没什么道理可讲的。

陆清岩还是不太舒服，已经没有心思去看电影里在演什么了。反正最后人类总会战胜末日病毒，重新迎来美好的未来，这是亘古不变的真理。

林佑倒是一边忍着恶心，一边聚精会神地看着剧情。他拿起刚刚放在桌上的奶茶，喝了一口，还问陆清岩："喝吗？"

陆清岩不知道该说林佑什么好。他叹了一口气，自暴自弃地拿起一杯奶茶咬住了吸管。

这奶茶很甜，一看就是林佑喜欢的口味，八分糖，还要加奶霜，齁甜。

接下来的一小时，陆清岩感觉有些疲惫，影片内容只看了个大概。

男主和他的恋人经历了生离死别后，在新的基地上举行了婚礼。他们的战友们全出席了婚礼，虽然伤还没好，但好歹全员都在。

标准的大圆满结局，非常照顾观众脆弱的心脏。

几个人看完也没什么唏嘘的，只觉得最后突围那一段看得很爽，非常缓解最近的考试压力。

等出了电影院的门，已经是晚上七点了，一群人马不停蹄冲去隔壁街道上的火锅店。

他们一坐下来就先点了几大盘子的肉，包括看起来文文静静的周晓妮。她看着柔柔弱弱，一开口却报了一串肉类，得到了大家的一致赞赏。

"候兄，你这个女神，一看就很适合融入我们这个集体，好眼光。"

叶楠山举杯敬侯子成，侯子成顿时腰杆都直了几分。

林佑嘴里咬着一颗虾滑，视线狐疑地落在陆清岩身上，问："老陆，你今天喷什么东西了吗？有股香水的味道。"

陆清岩不明白他说什么："沐浴露吗？我用的和你一样。"

"不是，"林佑很肯定地摇了摇头，"是那种带点木质调的香味。"

"你闻错了吧。我又不喷香水，陆北名那家伙才喷。"陆清岩毫不犹豫地说他哥。

林佑也说不出来是什么，只能继续吃东西。

吃完饭，女孩子们相约去逛街，另外几个人要去买当天发售的游戏，陆清岩和林佑就先回学校了。

本来他们周末都是要回家的，但是这天陆清岩爸妈不在家，他们这周就继续住宿舍了。

回到学校里，平时热热闹闹的校园现在清冷得看不见人影。尤其是南楼，平日里灯光就不多，如今更是几乎全都熄灭了，同学们不是回家了就是出去玩了。

林佑刚看完末日电影，经过南楼旁的小树林的时候总有些疑神疑鬼，总觉得里头不大对劲，只能默默往陆清岩旁边靠近了一点。

陆清岩对他的动作心知肚明，却没拆穿。

进房间的时候，林佑往旁边的宿舍看了一眼，薛宜炘和唐棋还没回来，保不准也是出去玩了。

进了房间，林佑先去洗漱了。在外面蹦跶了大半个下午，他也有些累了，迫切地想冲个热水澡，再穿上睡衣暖乎乎地滚进被窝。

林佑痛快地洗完了澡，舒服地叹了一口气。

他穿上睡衣，在镜子面前擦了几下头发，拉开浴室的门，想喊陆清岩过来洗漱，却发现陆清岩坐在沙发上，靠着沙发闭目养神。

那样子并没有哪里不对劲，只是微微蹙着眉，像是不太高兴。

可林佑像察觉到了什么。他趿拉着拖鞋走过去，拿手背试了一下陆清岩的体温。

陆清岩本来都要睡着了，察觉到异样，瞬间抬起眼皮。一睁眼，他就对上了林佑明亮温润的眼睛。

"你干吗？"他的声音微微有些哑。

"你的体温好像有点儿高，"林佑咕哝道，翻身去药箱里找体温计，用酒精消毒以后，不由分说地塞给陆清岩，"别说话，快量体温。"

陆清岩反抗不及，只能听命，但觉得林佑小题大做，他又没有哪里不舒服，只是累着了。

林佑却不管这么多，一直盯着陆清岩。他前阵子因为生病进过医院，自然紧张陆清岩的状况。

几分钟后，陆清岩把体温计拿了出来，仔细看了一下，发现还真有点儿低烧，三十七点五摄氏度，说高不高，但也不能说是没事。

陆清岩不由得愣了一下。

他又不是林佑这样的粗心鬼，身体要是不舒服，一定会感觉到；可他不觉得哪里难受，只是略微疲惫。这么低的热度，林佑是怎么发现的？

他诧异地看向林佑。

林佑也看见那温度了，皱着眉道："我就知道。"

他下午就发现陆清岩精神不振了，只是陆清岩一贯身体好，还照常跟他们看电影吃饭，其他人都没发现不对。

只是这温度也没什么好紧张的，他催促陆清岩去洗漱："你洗漱去，我给你冲个冲剂。"

陆清岩却反问他："你怎么猜到我发烧的？"

"还用猜吗？"林佑白他一眼，"我跟你什么关系？你什么样子是正常的，我会不知道？"

他自己生病不觉得怎样，陆清岩只不过体温稍微高了一点，他就吹胡子瞪眼，恨不得把陆清岩严加审问。他又问："你是不是前几天都熬夜了，所以抵抗力下降了？"

陆清岩不由得笑了一声。

客厅里灯光明亮，林佑一副生气的样子，像一只气急了的小虎崽。

"可能吧。"陆清岩痛快地认了罪,"前几天确实熬夜玩游戏了,该罚。"

林佑又瞪他一眼,催促道:"洗漱去。"

陆清岩从浴室出来的时候,林佑已经把退烧的冲剂泡好了,递给他:"快点喝,别凉了。"陆清岩坐到沙发上,喝了一口就皱起眉。他倒不怕苦,但这股怪怪的酸味实在磨人。

他一口气把药喝了,那边林佑把电吹风插上,准备替他吹干发梢。

陆清岩本来还不知道林佑在干吗,吹风机一响,差点儿被药汤给呛到。他难以置信地回头看着林佑,说:"你在干吗?"

林佑说:"给你吹头发,你都发低烧了,还不好好吹头,想明天去医院?"

陆清岩沉默了。道理是这个道理,但他哥哥当习惯了,如今换成林佑这样照顾他,心里泛起了一阵微妙的感觉,像看见家里养的小宠物突然站起来做饭,简直充满了魔幻色彩。

"你发什么呆?"林佑说,把陆清岩的头推了回去,"坐直点,别吹到你耳朵里。"

陆清岩应了一声,把剩下的药全喝了,仍旧觉得嘴里一股酸涩的味道,但却好像变淡了许多。

喝完药,两个人也不急着回卧室了,坐在客厅的沙发上一起拿平板电脑看综艺,是林佑喜欢的户外探险主题。

他颇为向往地跟陆清岩说:"等我们毕业了,也去荒岛探险吧。"

陆清岩对此不置可否。他想，就林佑这细皮嫩肉的，就算体力没问题，真去荒野逃生，只会便宜了蚊子。

但他没打击林佑的积极性："要去就去吧，你别把我搞到撒哈拉沙漠就行。"

林佑嘿嘿一笑："我还想去新疆，我要带我的画板去，西藏也不错。"

他正说着，陆清岩突然注意到他身旁压着一个花花绿绿的宣传页，下意识拿起来一看。

"艺考培训？"陆清岩念出这几个字。

林佑的声音戛然而止。

陆清岩奇怪地看他："你拿这个干吗？"

他仔细看了一眼这宣传页，发现就是一些机构派发的广告，也瞧不出水平高低，他从来没觉得林佑会对这些感兴趣。

但林佑却一把将这张宣传页夺了过来："我随便拿的。"

他把这张广告扔在了垃圾桶里，低声道："路上做兼职的人发给我的，我就顺便看了看。"

陆清岩感觉到一丝怪异，但是看了看林佑一副不愿多说的样子，便没有追问。

可接下来的一个小时，他心不在焉地看着平板电脑上的综艺，视线却总是不经意划过垃圾桶里的那张广告单。

他太了解林佑，他实在过于熟悉林佑想掩饰某件事的神情了。刚刚他拿起那张广告单的时候，林佑明显紧张了一下。

他侧头看了林佑一眼，发现林佑心不在焉的，林佑往牛奶瓶子里插吸管，几下都没戳中。

陆清岩叹了一声气，接过来，把牛奶戳好又递了回去。

第二天早上，林佑和陆清岩在一楼会合。

昨天半夜就开始下雨，一直到早上也没有停，天气雾蒙蒙的，空气阴冷潮湿。

林佑懒得打伞，躲在陆清岩的伞下面。

陆清岩已经吃过早饭了，给他带了豆浆和饭团。

"一下雨我除了被窝哪里都不想去。"林佑嘬了一口热乎乎的豆浆，声音有点儿哆哆嗦嗦的，"这种天气还让我们去上早自习，到底有没有人性？"

"这话你得和蔡小锅说。"陆清岩懒洋洋地回他。

他们往教学楼走，路上不少人跟他们打招呼。

这伞足够大，可以容纳两个人，但是陆清岩还是不动声色地把伞往林佑那边偏了偏。

等到了教室，他们发现蔡小锅居然还没来。教室里闹哄哄的没人好好念书，放眼望去，吃东西的，赶作业的，补交的，干什么的都有。

林佑把英语书拿了出来，念了几句课文，抬头看了一眼陆清岩，发现他又趁着早自习刷数学卷子。

林佑这天穿错了外套。

这天早上，他看见外头下雨，天气变冷了，出门急，在晾晒的衣服里随便拿了一件外套裹上，没想到拿错了。

如他坐在温暖明亮的教室里，心里犯嘀咕，难道陆清岩没发现自己穿了他的外套？

既然陆清岩没发现，林佑也懒得提。他把外套拢了拢，觉得还挺暖和。衣服上面沾着一点淡淡的雪松味道，清爽中带了一丝冷，很适合冬天。

一直到下午，细细密密的雨才停住，到了晚上，居然下起了碎雪。

林佑周围的同学都躲在桌子底下偷偷摸摸吃烤红薯，是林佑跟陆清岩一起出去买的，回来人手派发了一个。

等听到外头下雪的时候，一堆人整齐划一地抬起头，嘴角都沾着红薯渣子。

"还真下雪了……"

"不过这雪也太小了吧，看都看不清。"

"有就不错了，我们这破地方八百年都不会下一次雪。"

教室里零零散散地响起几个声音。

外头的雪确实很小，只能算是雪粒子，但在昏黄的路灯下，能清晰地看到一粒一粒地从天上飘下来。

他们这个南方城市确实很少看见雪，一时间大家都伸着脖子往外看。屋子里开着空调，暖融融的，他们心里都盼着雪下大一点，回头可以出去玩雪。

"你们元旦准备出去跨年吗？"叶楠山突然问。

"去哪儿跨年？"侯子成还挺来劲，看起来很有想法。

几个人七嘴八舌地讨论起来。

元旦是他们今年寒假前的最后一个假期了，等到了高三，元旦能放半天都算学校开恩了。

陆清岩见林佑也跟他们凑在一起讨论，眼睛微微垂下来。

"要不去立海市，那边跨年有烟火晚会，我叔叔在那边开酒店，能提前给我们预约房间。"白鹭说。

"行。"

几个人都没意见，立海市的烟火晚会每年都很盛大，而且又靠着海边，夜景也漂亮。

林佑问陆清岩："你去吗？"

陆清岩想了几秒。

窗外的雪粒子敲打在窗上，屋子里烤红薯的味道若有若无地飘出来，教室里压低了声音在讨论，这是最寻常又最温柔的冬夜。

"行，去吧。"陆清岩说。

林佑立刻扭头跟白鹭报名："把我跟老陆加上。"

白鹭拿了一张A4纸，把参与人员名单统计了一下，顺带让大家集思广益，征集一下这次集体跨年的活动。

侯子成还特意让她把周晓妮的名字加上。

白鹭写得正起劲，谁也没注意到教室里突然安静了下来，斜方伸出一只肤色微黑的手，把白鹭那张纸给抽走了。

白鹭大怒，刚想问谁捣什么乱，一抬头却看见了蔡小锅面无表情地端详着那张纸。

她顿时一声不吭，默默地缩起了脖子，再一看周围的人，一个个也都跟小鹌鹑一样，缩着脖子假装看试卷。

"你们也挺厉害的，教室里头啃烤红薯就算了，现在连元旦都安排上了。"蔡小锅的声音充分诠释了什么是阴阳怪气。他看了一下纸上的名字，说，"这还有个外校的，周晓妮是谁？"

侯子成差点儿没从椅子上倒下去。

林佑仗义地站起来，信口开河道："我表妹。"

蔡小锅的视线立马转移到了他的身上："我就知道少不了你撺掇。自己出去玩就算了，表妹都拉上了。"

周围几个人都憋着笑，只有陆清岩瞪了侯子成一眼。

林佑手里还捧着烤红薯，倒也不怕，嘿嘿笑了一下。这回月考他们班整体成绩还不错，蔡小锅应该不会发飙。

果然，蔡小锅最后把那张纸放了下来。

"你们想玩，我也能理解，但我提前跟你们说好，要是期末考试谁成绩下降了，"蔡小锅抬了抬眼镜，面无表情地扫了一眼看着他的一群人，然后露出了一个"和善"的微笑，"我就挨个给你们家长打电话，让你们寒假都出不了门。"

周围爆发出一阵哀号。

蔡小锅说完这句话，也往窗外看了一眼。

这还是今年的第一场雪，学生们在教室里被关久了，都快给憋出病了，连飘点碎雪都能激动，他也觉得有点儿可怜。

十七八岁的少年人，谁不喜欢出去玩呢？

蔡小锅咳嗽了一声，没再说什么，连那张写着人员名单和活动安排的纸都没有收缴。

林佑乐了,趁蔡小锅经过的时候,往他兜里塞了个烤红薯。

蔡小锅低头一看,笑了一声:"你这是公然行贿?"

"哪能呀?是买的太多,大派送。"

林佑说的也是实话。他和陆清岩晚上吃饭的时候,看见一个老人家在这个天气卖烤红薯,他心肠软,忍不住买了一大包,回到教室就开始疯狂派送,除了几个实在不爱吃的,大半个教室都分到了,所以教室里的烤红薯味道才如此浓郁。

蔡小锅懒得再说他,带着那个烤红薯走了。

五分钟后,全教室的学生都看见他在讲台上吃烤红薯,非常不在乎走廊上巡视的教学监督。

林佑深感,他们这个班如此胆大活泼,跟蔡小锅这个特立独行的人民教师脱不了关系。

等下了晚自习,教学楼里的灯又重新暗了下去。外头的雪还没有停,可惜太少了,没法儿在地上堆积雪。

林佑停在路口,从伞底下伸出手去接雪。

但是那一点点细碎的雪花,一落到温暖的掌心里就融化成了水。

"老陆,你说元旦的时候会下雪吗?鹅毛大雪那种。"林佑问。

陆清岩心里想,这基本不可能。起码在他的记忆里,他们这座城市很少下这样的大雪。

上一回地上能看见积雪,还是他和林佑初一的时候。

林佑从窗户里看见外头满地厚厚的白色积雪,激动地穿着毛衣就蹦了出去,开始跟小区里的孩子打雪仗。结果他一回来就发了两天高烧,一直到雪融化都被他亲妈关着,再没能踏出家门,只能渴望地看着外面,整个人都蔫了。

那时候,林佑的身高才刚刚过了一米六,发烧以后的脸颊红红的,裹在被子里,看上去十分可怜。

陆清岩不能放他出门,看着林佑眼巴巴的样子又实在是心疼,就趁着晚上林佑睡觉,在他窗户外头堆了一个一人高的雪人。

第二天,林佑一醒过来,就从窗户里看见了这个雪人。

陆清岩就站在那雪人旁边。

他忙了一晚上,但看见林佑把脸贴在窗上,在玻璃后对着他笑,心里又觉得值了。

"会的,一定会有大雪。"陆清岩说。

离元旦虽说还有二十天左右,但是对于高中的学生来说,这时间真如白驹过隙。每天忙着上课写作业聊天打闹,一转眼就到了十二月三十日。

晋南高中今年真的很有良心,除了高三,高一和高二的三天假期,一天没少,甚至让人觉得有点儿不真实。

"我看着学长学姐那幽怨的眼神,居然有点儿飘。"叶楠山说,"平常食堂抢饭可是他们最占据优势。"

高三的教学楼紧挨着食堂,每次吃饭都是他们最先冲进去,高一高二的只能在后头跳脚。叶楠山几次没抢到食堂的特大鸡腿,怨念颇深。

白鹭有点儿无语:"你是不是傻?等你高三的时候,就轮到学弟学妹对你幸灾乐祸了。"

"管他呢,谁在乎明年的事情。"叶楠山非常嚣张。

放假前,照例是有元旦作业的,但是有陆清岩和林佑在,作业的完成速度直线飙升。

林佑桌上排着一堆零食奶茶,周围的小伙伴殷切地服侍好这位大爷,态度认真仿佛对待国宝,毕竟正确率还要靠这位大爷提供。

陆清岩在旁边帮他们核对元旦的车票和预订好的餐厅。

小伙伴们感动得热泪盈眶:"自从有了陆哥和林哥,我觉得我的高中生活增添了光辉。"

"少拍马屁。"林佑根本不吃这一套,做作业做得心头火起,"这是哪个家伙出的作业,难度比平时高出了二个度。"

"我们教导主任出的。"邵桉踊跃回答。

林佑无声地又骂了一句。

但不管怎样,等下课铃响起的时候,元旦假期的所有准备工作都已经就绪。全员奔回宿舍整理东西,第二天下午一点钟在校门口集合。

好不容易放假了,林佑第二天险些睡过头,等醒过来的时候,已经十二点了。

他也顾不上吃东西,简单洗漱了一下,就把要带的衣物用品一股脑全塞到了行李箱里，拖着箱子就下楼。

陆清岩已经在楼下等着了。

碰面的时候，其他人看看林佑的箱子，又看一看陆清岩的箱子，忍不住吐槽："林哥，你的箱子怎么和陆哥的箱子是同款，还一大一小。"

陆清岩和林佑的箱子都是银色的，外形一看就是同系列的。

林佑揉了一下自己的鸡窝头，眼神还有点儿困："这是我哥买的，打折买一送一。结果没两天他又看上了另一款，就把这两个扔给我们了。"

林斯予啥都好，但是特别爱购物这一点真是让人受不了，家里闲置的东西能塞满三个客厅。

这次要一起去跨年的，加上周晓妮一共有七个人，周晓妮已经在高铁站等着他们了，剩下的六个人就分了三辆车过去。

上了高铁以后，几个人自觉地安排好了，侯子成和周晓妮坐在一起，林佑跟陆清岩也占据了一个两人位，剩下三个人挤在一起。

叶楠山不太服气地看着窗边的林佑和陆清岩："为什么大家都出来玩，他们怎么就两两分组了？"

白鹭笑了，把邵桉往叶楠山那边推过去，说："你要不服气就跟邵桉将就一下坐一起呗。"

邵桉猝不及防地倒在了叶楠山的身上，疼得龇牙咧嘴。

两个人顿时同仇敌忾，一起转过身揍白鹭。

林佑一边往嘴里塞零食,一边旁观他们打闹,"高贵冷艳"地吐槽了一声"幼稚"。

他刚刚没吃饭,却也不算太饿,往肚子里塞了点吃的,就准备酝酿睡意了。

陆清岩觉得有点儿好笑,林佑像个小瞌睡虫一样趴着,脸上的肉都被挤变形了,嘴唇也肉嘟嘟的,微微翘起来。

"你昨天几点睡的?"陆清岩问他。

"两点多。"林佑闭着眼,含糊地回答。

"那你怎么还这么困?"

陆清岩不提还好,一提林佑就生气。他一下子睁开眼,一脸控诉地看着陆清岩说:"你还好意思说?我昨天梦见你了,吓得我五点就醒了,后来九点才睡着。"

陆清岩这纯属躺着也中枪,但他也有点儿好奇,问:"你梦见什么了?"

林佑却不肯说。

陆清岩再三追问,他才不情不愿地开口:"我梦见你被人给骗走了,特别漂亮的女生,腿笔直,腰还细,长了一张清纯小白花的脸。"

林佑一边说一边给陆清岩比画:"但是这女生特别坏,她不让我和你见面。结果你还听她的,真的跟我一刀两断了!"

林佑气得醒过来就想去找陆清岩算账。

那梦里穿着白色长裙的女孩高傲地出现在了他面前,天鹅一样漂亮优雅,眼神却很冰冷,毫不留情地把他从陆清岩身边驱逐走了。

林佑现在想起来都觉得生气,但是冷静一想,这事几乎不可能发生。

梦里的事情是当不了真的,更何况他和陆清岩这么要好,如果将来有一天陆清岩有了喜欢的人,他也应该祝福才对。

陆清岩好笑地问:"一个梦就把你气成这样?"

冬天的暖阳照在他的眉眼上,让他深黑色的眼睛几乎成了琥珀色,温暖而明亮。

林佑想了想:"也不是,主要是那女生不让我见你,结果你还听她的。我们这种关系,我能不气吗?"

在梦里,他眼睁睁地看着陆清岩把他关在了家门外,然后当着他的面跟着那女生走了。

陆清岩无奈道:"你还是快睡吧,省得胡思乱想。"

下车的时候,林佑玩心大起,低头踢掉了路上的一颗小石子,那小石子飞了快有一米远,撞到台阶上才反弹到地上。

白鹭舅舅经营的五星级酒店就开在市中心,位置和环境都绝佳。因为他们这帮人是白鹭的同学,还大方地给了折扣,预留了顶楼最好的套房。

不过舅舅本人在国外开会,没能过来看白鹭。

每个人都安排了一个房间,但房间门牌号是彼此相连的,方便串门。

他们把行李在房间里放好,大家在套房里认领好了各自的房间，又从酒店涌了出去。

现在离晚饭时间还有一会儿，他们就去酒店附近的街道上逛了逛。

周晓妮恰好看见自己心爱的包包在打折，顿时快速冲进去排队。

林佑对购物毫无兴趣，溜去买奶茶的时候，却注意到了旁边的一个珠宝店。那家店对外展示的玻璃柜里，放着一个男式的黑色手绳，中间是一颗金色的方形挂坠，两边是两颗圆圆的珠子，整个手绳有种做旧感，看上去很沉稳，但又不至于太老成。

林佑吸着奶茶，在这个手绳前站了好一会儿。

陆清岩去给大家买芝士土豆，其他三人也都四散去买东西，最后在一楼大厅会合，现在只有林佑一个人在二楼。

林佑把奶茶上的奶盖都给喝完了，才下定决心溜达进了珠宝店里。

店里的导购员看着这么年轻的男孩子走进来，笑眯眯地看着他，问他需要些什么。

林佑总觉得有点儿不好意思，他还真没给谁买过珠宝。他眼神飘忽地往四周看了看，指了指门口那个手绳，说："我要那个。"

导购一边帮他打包，一边温柔地问他："这是我们店的经典款，如果需要配花，我们这里也可以提供哦。"

她指了指旁边柜台旁五颜六色的鲜花。

林佑有些尴尬，小声说："不用了，送哥们儿的。"

他最后也没要袋子，做贼一样把盒子塞进了自己的口袋里，然后拎着几大杯奶茶去了一楼大厅。

林佑到了会合点的时候，陆清岩也刚到，手里还拿着好几份芝士土豆，但只有林佑的那份上面撒了松子。

看见林佑过来，陆清岩把土豆塞到了他手里："快吃。"

林佑乖乖地接过来，其他人也从他手上拿到了各自的奶茶，然后到一楼的广场上看灯会了。

灯会上的灯很漂亮，在夜色底下温暖明亮，照得人的脸都变得柔和起来。

几个人拍了不少照片，还找路人帮忙拍了张集体合照，但因为是抓拍，除了陆清岩一贯是冷淡脸，其他人的表情都很狰狞。但大家拿到手挺满意的，好歹也是个青春的留念，贵在真实。

侯子成看着照片说："等到十八年后我有孩子了，我就把照片给他看，告诉他这就是爹当年的风采。"

叶楠山和邵桉一起捂牙，露出嫌弃的表情。

看完灯会就到吃饭的点了，陆清岩提前给大家预约好了餐厅，无论是菜品还是环境都十分出色，又开在江边，透过玻璃窗就能够看见江对面灯火璀璨的夜景，堪称约会的圣地。

因此他们一伙人一坐进去就显得格格不入，仿佛一群"沙雕"误入了白天鹅之中。

"陆哥，我有个提议，"叶楠山弱弱地举手，"下次可以不要带我们来这么高雅的地方吗？我现在已经开始怀念学校门口的炒饭了。"

其他人默默点头。

他们周围全是轻言细语的小情侣，含情脉脉地彼此对视，轻声交谈，整个餐厅显得宁静、和谐，似乎充满了粉红泡泡。

而他们一群高中生坐在这里，就像一堆硕大的电灯泡，照得四面八方都雪亮。

陆清岩也意识到了，笑了一下，说："是我考虑不周，下次换个地方。"

不过来都来了，而且菜品是真的很好吃，离开餐厅的时候，每个人都捧着溜圆的肚子，心满意足。

吃完饭，大家又历经了大堵车才回到酒店，离十二点不到两个钟头了。大家都留在了套房的客厅里，一边玩游戏一边等着十二点的跨年烟火。

其实，跨年烟火林佑看得也不算少，但是和这么多同学一起看还是第一次。

离十二点还有十分钟的时候，所有人都顾不上玩游戏了，全都溜到了阳台上，把下午买的饮料果汁都拿了出来，一边干杯一边随着楼底下嘈杂热闹的声音一起倒数新年。

阳台是半开放的，冬夜的空气带着丝丝冷意，但大家也不觉得冷，嘻嘻哈哈地聊天。

"你们新年有什么愿望吗？"周晓妮问，"待会儿烟火炸开的时候，可以在心里许愿。"

她在元旦前和这群人没怎么见过,但她性格好,和他们熟悉起来很快。

其他人本来没啥想法,被她这么一问倒是纷纷陷入了思考。

叶楠山是思考得最快的,斩钉截铁地说:"好运!"

邵桉紧跟着露出了恍然大悟的表情:"那我选暴富和好运。"

叶楠山抗议:"一个人只能有一个愿望,两个就太贪心了,会被神仙扔出去。"

白鹭靠坐在藤椅上,跷着二郎腿看着窗外,想了想,道:"我倒也没别的想法,非要说的话,就是考上Y大吧。"

大家还是第一次听到白鹭想考哪个学校,顿时有点儿惊讶。

邵桉问:"鹭姐,你对Y大有啥执念吗?Y大的帅哥特别多吗?"

白鹭笑了笑,没说话,眼神却比平时看上去复杂得多。她没有回答这个问题,而是把话头抛给了林佑:"林哥,你和陆哥有什么愿望?"

林佑还真被问住了,一脸迷茫地看了看陆清岩,说:"老陆,我许个什么愿望比较好?"

陆清岩被他问笑了:"你有愿望难道问我吗?"

林佑一想也是。他左思右想,最后无可奈何地承认自己没什么愿望可许:"我又不需要许愿考哪个大学,家庭幸福,生活美满，能有什么愿望？"

另外几个人纷纷表示对这种人生赢家表示唾弃，为了避免被刺激，他们甚至没有再去问陆清岩。

叶楠山喝了一大口饮料，不服气地唠叨："陆哥这种开挂的人生还要什么愿望，不如节约给我！"

这时候，新年倒计时恰好已经进入了最后十秒钟，大家都趴在阳台上，跟着楼下鼎沸的人声一起倒数。

"十、九、八、七、六……"

林佑也跟着一起喊。

当最后的"零"喊出来的时候，第一朵烟火就在夜空中绽放开来，随后是更多烟火，璀璨而明亮，几乎把夜空染成了白昼。

广场上的欢呼声几乎要把房顶掀翻，叶楠山、邵桉几个也跟着一通乱叫。

林佑没跟着这几个傻子一起乱叫，但也看着烟火一直在笑。

这烟火十分耀眼，倒映在他的瞳孔里，像宝石一样闪闪发亮。

"老陆，新年快乐！"林佑突然转过头，对着陆清岩喊道。

他说这句话的时候，下意识地摸了一下自己的口袋，那个装着手绳的盒子还塞在他的口袋里。

林佑的声音混合在周围嘈杂的人声中，听得并不真切，但陆清岩觉得每个字都这么清晰。

他和林佑对视,眼里倒映着璀璨的烟火,笑道:"新年快乐,小佑。"

就在这一刻,林佑突然想到,自己是有新年愿望的。这个新年愿望,关乎他的未来,也关乎陆清岩。

Chapter 09
理智的冷战

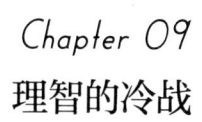

他心里还是觉得，陆清岩一向惯着他，不会为这种事情就跟他翻脸。

整场烟火持续了十二分钟，一直到最后的烟火落下，化为灰烬消散在夜空里，广场和大街小巷的人才开始移动，往四处散去。

他们周围几个阳台上的人也都回房间了，就剩他们这个房间栏杆上还有一排脑袋趴着，意犹未尽地看着远处的灯火。

"我们今天干脆别睡了吧，等着看日出怎么样？"侯子成提议道。

"可以。"白鹭往回走，说，"我去看看冰箱里的饮料够不够，我们打一晚上游戏。来来来，新年新气象，添点彩头，输了的主动上交零花钱当活动费。"

其他人没什么意见，大家都沉浸在跨年的开心喜悦当中。

明明没发生什么特别的事情，但是新的一年、烟火还有陪在身边的朋友，这几个元素凑在一起，总是会让人情不自禁觉得高兴。

林佑也挺乐意的。但是他看了看自己输出去的钱，算了算自己剩下的零花钱，打算让位了。

"老陆，你去，杀他们个片甲不留。"林佑拍了拍陆清岩的肩膀。

另外几人纷纷抗议："林佑！你是不是人，自己不参加还要派一个杀器。"

周晓妮没和陆清岩玩过。她好奇地看过来，问其他人："陆清岩很厉害吗？"

侯子成悲伤地看了她一眼："他上次一小时内赢走了我两个月的零花钱。"

周晓妮肃然起敬，对着陆清岩举起了杯子。

周晓妮这姑娘看上去柔柔弱弱，笑起来还特别甜，一玩游戏就表现出了不一样的一面，场上唯一能和陆清岩对抗的就是她了。

侯子成惊呆了，问："晓妮你居然这么厉害？"

周晓妮还是那副文弱甜美的样子，但出手特别稳，从脸上根本看不出她心里想什么，和陆清岩这个全程"面瘫脸"的可谓棋逢对手。

周晓妮轻描淡写："我六岁就跟我哥哥姐姐玩这个了，赢走了他们所有的糖。"

好在周晓妮玩了两个小时就扛不住困意，先回自己房间睡了，否则这个游戏桌上，除了陆清岩，全得输得一点游戏体验都没有了。

周晓妮离开后，这瞌睡像是会传染一样，剩下的人一个接一个地打哈欠。

三点钟的时候,原来嚷嚷着要熬夜的人全在沙发上睡得东倒西歪,清醒的只剩下林佑和陆清岩。

林佑咔嚓咔嚓地咬着一个苹果,对他们充满了鄙视:"真是一群弟弟,才熬了三小时就困成这样。"

但是嫌弃归嫌弃,他还是和陆清岩一起把这群人搬到了床上,还好心地盖上了被子。

林佑一边拿被子把他们从头到脚都蒙上,一边说:"反正也是他们自己的床,应该不嫌脏。"

"那你还要看日出吗?"陆清岩问他。

林佑刚想说日出有什么好看的,但他扭头往窗外看了一眼,突然睁大了眼睛,惊讶地道:"老陆,下雪了。"

陆清岩也往外头看去,真的下雪了。

窗外漆黑一片的夜色中,鹅毛大雪,从天而降。

陆清岩不由得一愣。他想起那天放学,林佑问他今年元旦会不会下一场大雪,他心里觉得不太可能,却还是顺着说会。

如今居然真的下了。

林佑跑到了阳台上,趴在围栏上往下看。

这雪下了应该有一会儿了,地上铺着薄薄的一层白色积雪,他们刚刚只顾着玩闹,居然没人往窗外看一下。

陆清岩也走到了林佑的身边,问:"要下去看看吗?"

林佑用力地点头。

他们拿上外套,一起坐着酒店的电梯下了楼,到了花园里。

现在是半夜三点,新年的第一天,刚刚十二点的繁华喧嚣散去之后，只剩下一片寂静，天地间好像只剩下他们。除了还亮着的霓虹灯，谁也不知道现在花园里居然还有两个游客。

林佑在地上踩着积雪玩。

现在这么点积雪也堆不了雪人，他也早就不是小时候要哭闹着玩雪的小孩了，但是作为一个南方人，看见雪总是会格外激动。

陆清岩就跟在林佑的后面，看林佑像小猫一样，把地上踩得一个个都是脚印。他对下雪没什么执着，可是在雪里蹦跶的林佑总是特别可爱。

林佑走出去一段路，突然停住了。他像是有点儿踌躇，迟疑了好一会儿才转过身来，看着陆清岩，眼睛亮亮的，睫毛眨动得有点儿频繁。

陆清岩太熟悉林佑这副表情了，知道林佑是不好意思了。他有点儿好笑，问："怎么了？有话想跟我说吗？"

林佑别扭地点了点头。

他的手伸进自己的口袋里，那个方形的小盒子就在他手掌中间，但不知道为什么，想到要把这个礼物拿给陆清岩，总觉得怪怪的。

他送过陆清岩球鞋、耳机、钱包，也发过红包、买过蛋糕，却还从来没有送过首饰。

但林佑还是把那个小盒子拿了出来，单手递给陆清岩，别扭道："喏，给你的元旦礼物。"

林佑挠了挠头发，很想跟以前一样说点"还不快谢恩，收了我的礼物就得叫我大哥"的玩笑话。但他嘴皮子碰了几下，硬是没能说出来。

这个冬天的雪夜太安静了，只能听见雪落的声音，美得像是电视剧里才有的场景。

陆清岩的头发和肩上都落着一点碎雪，他伸手把那点碎雪拂去了。

林佑打开了那个小盒子，里头躺着一条黑色的手绳，穿着一个金色的方形挂饰，旁边是两颗串珠，显得古朴沉静。

"你喜欢吗？"他抬起眼看着陆清岩，挠了挠头说，"我也不知道我眼光好不好，但是看见觉得很合适你。"

陆清岩的视线从那个手绳转移到了林佑的脸上，问："你为什么会想到给我买这个？又不是过生日。"

林佑像是被他问住了，露出了疑惑的表情。

"没有为什么？就看见了想到你，又正好是元旦，就给你买了一个呗。"林佑解释道，"你平时给我买这买那，我给你买个不也很正常吗？"

他以为陆清岩是不想收，背过身，跳到了花园的一个小台阶上，居高临下地看着陆清岩，严肃地说："我不管，你必须给我收下。"

陆清岩看了林佑一会儿，突然笑了，把手伸给林佑："那你倒是给我。"

林佑立马乖乖地把盒子给他，陆清岩把手绳从盒子里拿出来，仔细地扣在了手腕上。

陆清岩的手腕很结实，和林佑奶白色皮肤不一样，他的皮肤带着麦色，戴着黑色的旧手绳，有种年轻却沉稳的魅力。

林佑在陆清岩戴好以后还欣赏了一会儿："我眼光还是不错的。"

他抬起头，对着陆清岩笑了一下。细雪纷纷，他站在路灯下，笑起来眼神比碎雪还要干净。

"谢谢。"陆清岩低声道，"我很喜欢这份礼物。"

他跟林佑之间，很少这样郑重。

林佑也不知道为什么，平时让陆清岩帮他做这做那，他没觉得不好意思。陆清岩对他说一声谢谢，他反倒觉得别捏。

他别过头，掩饰自己的不自在："别这么客气。"

陆清岩笑了笑，两个人一起走到了花园的亭子里，坐在长椅上，望着眼前安静的庭院。

林佑捏着椅背上的雪，捏了一个小雪人。

他捏得像模像样，但是他眼睛一转，打算趁陆清岩不注意时砸过去。

但陆清岩是谁，林佑眼皮子一抬，他就知道对方要干什么。他额头像长了眼睛，明明低着头，却精准地躲了过去，手一抬，反手压制住了林佑，轻轻松松把那个雪人抢了过来。

他嘲笑道："就你这三脚猫的技术，还想欺负我。"

"你要诈。"林佑不服，拼命扑腾，叫道，"这叫偷袭，快放开我。"

陆清岩真是服了林佑睁眼说瞎话的本事，到底是谁在偷袭呀。

林佑一脸不满,脸气得圆鼓鼓的,陆清岩忍不住笑了。

"叫陆哥,"陆清岩逗他,"叫了就松开你。"

陆清岩只比林佑大几个月,但小时候林佑跟在他身后一口一个"哥哥",乖得很。林佑长大就不听话了,不是叫陆清岩就是叫老陆。

林佑本来伸着脖子不干,但是看陆清岩一副要拿雪人冰他的模样,又觉得好汉不吃眼前亏。

"想当哥怎么还以大欺小!"他喊道,一双乌溜溜的眼睛望着陆清岩。

陆清岩不为所动,表示没商量。

林佑撇了撇嘴,不情愿地叫了一声:"哥。"

"不闹你了。"陆清岩松开了林佑,把那个小雪人还给林佑,问,"要不要回去?外面挺冷的,别冻着了。"

林佑一想,确实有点儿冷,但嚷嚷着要去喝热可可。

两个人顺着花园的小道,绕到靠近花园门口的地方,找到了一个贩卖机,陆清岩拿出手机扫码,买了两瓶,把其中一瓶给林佑。

"回去吧。"

"嗯。"

他们沿着刚才来的花园小道,向酒店的客房部走去。

雪下得越来越大,这是新年夜里的雪,在地上逐渐堆积起来，变成一条乳白色的毯子，所有人都沉浸在梦乡里，只有他们站在花园里。

陆清岩说："对了，有件事忘记告诉你了，等元旦回去，蔡小锅可能要让我们去参加一个数学竞赛。"

林佑的脚步突然就停住了。他抬头望着前面陆清岩的背影，没有再跟上去。

陆清岩走了几步才意识到不对，站在回酒店的台阶前回过头。他跟林佑中间只隔了两三米。

林佑还捧着热可可，那易拉罐里的热气煾暖了他的手指。陆清岩却清晰地看见他脸上的犹豫，甚至是一丝愧疚。

陆清岩本能地察觉到有哪儿不对，皱了皱眉，问："你怎么了？"

林佑低着头，一脚踢碎了面前的一小捧雪。

他想起了刚才他许下的那个元旦愿望。

那是他一直犹豫着、不肯说出口，却又无法割舍的愿望。这个愿望他还没有告诉任何人，但他想先告诉陆清岩。

看着碎雪慢慢堆积在脚尖上，林佑深吸了一口气，抬起头，眼神不躲不避地望着陆清岩。

"我可能不会去参加那个竞赛了。"他对陆清岩说。

他眨了眨眼睛，也不知道为什么，眼眶竟然有些发热。

陆清岩的身量在这落雪天显得尤为高挑颀长，林佑看见他不带笑意的脸，漆黑的眼睛甚至有点儿淡漠，他的神情像是猜到了林佑要说什么。

"我一直没告诉你一件事,"林佑咬了咬嘴唇,"我可能不会跟你去读同一所大学了。"

在林佑说出这句话时,陆清岩想起了很多事情。

那天客厅里那张花花绿绿的艺术培训广告,林佑房间里的画板,还有林佑最近看向他欲言又止的神情。

"什么意思?"陆清岩问。

"意思是,我想转去学美术。"林佑的声音很低,在这深夜的寒风里,低得像是一吹就能散去。

但陆清岩却听得分明。

过了好一会儿,陆清岩才问:"你考虑这件事考虑多久了?"

他盯着林佑,眉眼深沉,明明说不上生气,却无端让人觉得充满压迫感。

林佑不由得缩了缩脖子。

刚才闹着玩,陆清岩让他叫哥,虽然他被压制得手脚都不能动,心里却笑嘻嘻的;现在陆清岩离他还有段距离,他却莫名有点儿慌。

"两个月。"他小声道。

两个月,也就是说,这根本不是一时兴起的。

林佑不是来找他讨论,也不是在就未来征询他的意见,而是来通知他。

陆清岩说不清心里是什么滋味。他几步上前,拉开了酒店的大门,却没回头看林佑,只是说:"别在外面站着了,进来说话吧。"

林佑老老实实地跟了进去。

电梯一路上行。

酒店内部也跟外面一样安静，只是酒店里面温暖，又到处是明亮柔和的灯光，几乎分不出是在深夜。

林佑望着电梯上的数字，老实得像只小鹌鹑。

陆清岩瞥见他这样子，觉得有点儿好笑，可是笑意还不及眉梢，又落了下去。

回到房间，陆清岩脱了外套，又帮林佑把外套挂好，才拍了拍旁边的沙发，一副要促膝长谈的样子。

林佑乖乖地坐在陆清岩对面。每到这种时候，他都有种错觉，觉得陆清岩好像他爹。

"你为什么会想转艺术？你马上要高二了，学习成绩又好，哪所顶尖大学去不了？"陆清岩望着林佑。无论什么时候，他最关心的还是林佑的将来，"你现在转方向，你有把握考上顶尖的美院吗？"

林佑还真不敢拍着胸脯保证。

晋南高中的艺术班成立没几年，但是成绩相当不错。大部分人都是高一就选择好要走艺术这条路的，基础也打得很好，但也有少部分人在高二才转班。

现在，林佑就准备去当这一小部分。

他认真地说道："你知道我从小就跟外公学画画，只是后来初三太忙就没继续。前阵子，我又去了外公那儿一次，就三天,他继续教我画画。我突然特别开心。"

林佑努力形容自己的感觉:"你能明白吗?我画画的时候没想其他的,就是觉得很开心。我这些年偶尔也画两笔,但只当作兴趣,但是在外公那儿一画一整天,我居然一点没有想休息的念头。后来我跟你一起去看电影,你记得吧,那部动漫电影,拿过很多奖的那个。"

"嗯,《魔女和猫》。"

这部电影是陆清岩跟林佑一起去看的,电影的内容他都快忘得差不多了,就记得林佑看完以后蹦跶了好久,一直冷静不下来。

"我坐在电影院里想,我要是也能画出这样的东西就好了。我还没有想好具体要走哪条路,但我就是觉得比起按部就班地考试,这能让我更开心。"

林佑望着,眼睛闪闪发亮。

陆清岩低头看着他,没说话,神情说不上严肃,却也没看出哪儿开心。

林佑有点儿惴惴不安,看着陆清岩,小声道:"你是不是不想我考美院……"

他既然决定去考美院,就很可能不会和陆清岩读同一所大学了。

林佑知道陆清岩对艺术毫无兴趣,也知道以陆清岩的成绩,全国最好的大学都等着他挑。

而在林佑做出这个决定前,他一直无比肯定,他和陆清岩会一直生活在一起。

他们是最好的兄弟、朋友，一个婴儿床里长大的两个人。他已经习惯了一回头，就能看见陆清岩，所以他才会纠结了这么久。

想到这里，林佑的心也开始动摇了。

高考后，他们没有去往同一所大学，听起来不算大事。但是如果他们的目标学校在不同的城市，甚至天各一方，逢年过节才能见一面，林佑不敢保证自己不会后悔。

不，他一定会后悔。

陆清岩沉默了一会儿，低声问："如果我说，我真的不想你去美院。我要你和我上一个学校，最好还是一个专业。你会怎么办？"

林佑的脸上浮现出挣扎的神色。明亮的灯带下，他的眼睛眨了眨，牙齿轻咬住自己的嘴唇。

他看了陆清岩好一会儿，都没看出开玩笑的意思。

最后，林佑垂下了头，闷闷地说："那我就考你想去的大学的艺术系吧。"

这么多年，都是陆清岩迁就他，他也得迁就陆清岩一次，是不是？

陆清岩叹了一口气，说："你可以去考你想去的任何学校。"他看着林佑认真地说，"只要你决定了，不觉得后悔，那我也绝不会阻止。"

林佑猛地抬起头："那你呢？"

陆清岩对他笑了笑:"我会在排名靠前的学校里,选择离你最近的地方。"

林佑想说什么,陆清岩却抬起手比了一个"嘘"的手势,示意林佑先听他说完。

陆清岩继续说:"我们现在回到刚才那个话题,你现在的文化课成绩,可以去国内任何一个顶尖的学校。可是转学艺术,你有把握吗?"

林佑想了想,老老实实地摇头:"普通的好学校没太大问题,最好的学校就有点儿悬了。"

他一想到这里,又有点儿紧张兮兮地道:"老陆,我要是没考上怎么办?"

陆清岩倒是很轻松:"那你就复读吧。"

真是亲兄弟。

林佑刚要还嘴,陆清岩却说:"我会陪你一起复读。"

林佑又笑了起来,笑眯眯地说:"老陆,你真好。"

可陆清岩却收敛了笑意,低声道:"可我觉得你不太好。"

林佑傻眼了。他不太懂陆清岩的意思。

陆清岩靠在沙发上,按了按鼻梁,神色不豫。刚才他不发作,是因为比起他的心情,他更在乎林佑的学业,但现在轮到他跟林佑之间的问题了。

"聊完学业,我们聊点别的了。"

他说这话的时候,脸色实在说不上好看,刚才一直压抑在心底的怒火,此刻又席卷重来。

林佑也不傻，陆清岩是开玩笑还是真的恼火，他一眼就能分辨出来。

陆清岩上次脸色这么难看还是在他生病住院的时候。

林佑不由自主地坐直了身体，但心里一片茫然。他以为陆清岩可能会因为他选美术而不满，可现在陆清岩分明是同意的，为什么还这么不高兴呢。

"聊……聊什么？"林佑讷讷地问，"我们不是达成共识了吗？"

"你说你思考了两个月，为什么一开始不告诉我？"陆清岩目不转睛地看着林佑，"为什么你等决定好了才来通知我？"

这才是从刚才起就盘在他心头的问题。

他太了解林佑了，这刻意的回避，甚至是隐瞒，他一眼就看出来了。

林佑被问住了。

"因为……因为我也没想好。"他语无伦次地解释，"我纠结了很久，我不是很确定，所以先不来烦你。"

"说谎。"陆清岩打断了林佑的话。

他盯着林佑，淡淡地说道："你是怕我会干扰你，甚至是阻止你。所以你想自己考虑清楚，然后通知我。无论我同意还是反对，都不能再影响你。"

他说得直截了当，根本不给林佑辩解的机会。

林佑张了张嘴，很想反驳，但忍不住流露出一点心虚，因为陆清岩说得对。

他甚至没有去告诉父母,而是先告诉陆清岩,就是因为陆清岩才是他选专业时最大的变数。

如果陆清岩真的坚决反对,他怕自己还没想明白,就被糊里糊涂带着跑了。

可是这一次,他想自己决定。

林佑低着头,手指抠了抠沙发的边缘,低声道:"可你这不是同意了吗?"

"我是同意了,无论你要做什么,我都会支持你的,"陆清岩说,"林佑,如果是我要做任何决定,是我想要转方向,我一定会在最开始就告诉你。我不会瞒你任何事情,更不会故意避开你做决定。"

林佑猛地抬起头。

陆清岩直直地看着他,漆黑的眼睛像窗外深邃无垠的夜晚,充满压迫感。

陆清岩的声音里却透露着一丝不易察觉的伤心:"因为我想的每一个未来里都有你。我会认真听取你的意见,跟你商量。如果你不同意,我会努力去说服你,让你放心。"

林佑愣住了,隐隐约约明白了陆清岩的意思。

陆清岩不是反对他做出这个决定,而是不满他的隐瞒,偷偷摸摸藏了两个月的小心思,好像在防陆清岩一样。

这让林佑有点儿手足无措。

他看见陆清岩站了起来,脸上毫无笑意,下意识抓住了陆清岩的袖子问:"老陆,你不会生气了吧?"

他心里还是觉得,陆清岩一向惯着他,不会为这种事情就跟他翻脸。

可是陆清岩低头望着他,一点也没有平时的温柔,反而有点冷。

"对,我在生气。"说完,陆清岩把袖子轻轻从林佑手里抽走了。

林佑傻眼了。

Chapter 10
抛硬币

他闭着眼睛一抛,硬币落在掌心里,是正面。

陆清岩回了自己的房间。

一楼那群昏睡的家伙都没有醒。陆清岩慢慢地顺着楼梯走了上去。

二楼有一个小阳台,陆清岩站在阳台上,看着外头漫天的雪越下越大,这座城市在安睡中变得一片银白。

林佑缩在被子里一夜没睡。

他实在是睡不着,屋子里的窗帘没拉,室内温度很高,外头却是一片银装素裹。

这感觉其实很安宁,但林佑心里却乱糟糟的。他想起刚才陆清岩的表情,觉得愧疚又有点儿不服气。

他又不是真的想对陆清岩隐瞒到底,他只是……他只是太明白陆清岩对自己的影响力了。

他对这个邻家哥哥的依赖,甚至超越了家人,因此他才会下意识想排除陆清岩对自己的干扰。

第二天,林佑在房间里赖到了九点钟,才不情不愿地在一阵敲门声中去开门。

门外并不是陆清岩,而是叶楠山,喊他下去吃早饭。

叶楠山说:"就剩我们了,其他人都在楼下了。"

林佑慢吞吞地跟了下去。

到了四楼的用餐区域,白鹭他们早就坐下来了。陆清岩身边有个空位,一看就是留给他的。

林佑迟疑了一下,和往常一样坐了下去。

陆清岩顺手推过来一份早餐:"帮你拿的。"

陆清岩的神态十分自然,就像之前的每一个早晨一样,连推过来的盘子里都是林佑爱吃的食物,丝毫看不出昨天生气的样子。

林佑不由得呆了。

但当着大家的面,他也不能问什么,只能满腹狐疑地吃早饭。

过了一会儿,他发现陆清岩没流露出任何异常,举止神态都和以前没什么两样,会跟大家开玩笑,也会扭头问他下午有没有想去的地方。

其他人都跑去拿新一轮的点心了,就他和陆清岩来买冰激凌。

站在冰激凌柜前选口味的时候,林佑纠结地望了陆清岩好几眼,慢吞吞地说:"老陆,你还记得我们昨天说什么来着吗?"

陆清岩神色平淡:"当然记得。"

"那你……"还生气吗?

林佑想问,又觉得陆清岩没准睡一觉气已经消了。

陆清岩却像知道他在想什么,说:"我还在生气,看见你甚至想拎起来揍一顿,但我又舍不得。"

"啊?"林佑一惊。

怎么回事,陆清岩还想揍他?

陆清岩低声道:"我昨天想过了,在你的事情上,我的心态也有问题,但我确实很生气。我不会因为这件事情疏远你,但你要给我时间去消化。"

林佑更茫然了,拉着陆清岩的袖子说:"我听不懂,你到底是生气还是不生气。"

陆清岩却扫了他一眼:"听不懂就算了。"

最后,林佑给陆清岩买了双球的冰激凌,夏威夷果味和巧克力味,给自己买了奶油味的。

陆清岩拗不过他,只能举着冰激凌跟他们一起出门。

大冬天的,他们倒是不怕冷,其他人看得觉得牙齿酸。

他们这天的安排是去新开的一个游乐场玩,提前买好了票,玩每个项目都有一次免排队的机会。

林佑以前最喜欢坐过山车、闯鬼屋,这天却提不起什么劲。他坐在过山车上,周围的人都在鬼哭狼嚎,就他和陆清岩最淡定,一声不吭。

林佑想,如果是以前,他大概会趁着别人都在哭号的时候开心地大叫。

陆清岩也在出神,想着昨晚的事情。

他没跟林佑撒谎,只是一时气林佑隐瞒他,回过神后,他更在意的是自己的态度。

他对林佑的保护欲太过了。

他不知不觉把自己代入了林佑家长的身份,看见疼爱的弟弟排斥他的插手一样,忍不住就升起了无名之火。

但是冷静下来,他又对这样的自己有点厌弃。

他跟林佑再好,也只是邻居、朋友、死党。

林佑有自己的家长,有一双疼爱他的哥哥姐姐,轮不到他管。

昨晚的事情只是一个开始,他早晚得习惯林佑离开他的保护圈的事。

这让他有种说不出的烦躁。

大家的晚饭也是在这个游乐场吃的,这里面没有什么特别高档的餐厅,但是炸鸡和比萨的味道还不错。

吃饭的时候,白鹭发现了陆清岩手上的黑色手绳,问:"陆哥,这手链什么时候买的?昨天还没看见你带。"

所有人的目光都被吸引过来。

林佑嘴里叼着炸鸡翅,扭头去看陆清岩。

陆清岩轻描淡写地回看他:"林佑送的元旦礼物。"

"哦。"

其他人也不奇怪,只是开玩笑地挤兑林佑偏心,在场这么多人就陆清岩有礼物。

林佑把炸鸡咽了下去,没说话。

第三天,一伙人踏上了返校的高铁。

早上出发,回到学校时是下午,叶楠山和邵桉还准备回家一趟拿点东西。

座位还是像来时一样。林佑坐在侯子成和周晓妮前面,听见侯子成一会儿给周晓妮撕零食,一会儿问她要不要喝奶茶,听得他直翻白眼。

林佑这么想着,悄悄地看了陆清岩一眼。

陆清岩坐在位子上看手里的 kindle(电子书阅读器),不知道是看什么书,眼神很专注。

他的轮廓本就英挺俊朗,在冬日的晨光里被镀上一层柔和的光。

像是察觉到林佑看自己,陆清岩抬起眸,和林佑对视。

林佑瞬间慌得手忙脚乱,只能尴尬地看着陆清岩。

"怎么了?"陆清岩温和地问他。

林佑其实想问陆清岩消气了没有,但是话到嘴边变成了干巴巴的一句"没什么"。

陆清岩也没再问,继续看手里的电子书,林佑有些失落地把头转了回去,开了一瓶矿泉水。

回学校没多久,就是期末考了。

大家出去玩了一次，也都收心了，重新投入了题海之中。

林佑咬着笔杆子看题目，试卷上写着七七八八的答案，解题过程简略到可以忽略不计。桌子上放着一杯热奶茶，是陆清岩给他带的。

陆清岩没说谎，这么些天来还跟他照常相处。那个落雪的夜晚的谈话，陆清岩说自己生气的事情，就像没发生一样。

陆清岩照常和林佑一起上学放学，一起打篮球跑步，上个星期还和白鹭他们一起去打了一次游戏。

一切好像都回到了正轨。

才怪！

可林佑偏偏找不到理由责怪陆清岩。

他能怪陆清岩什么呢？

林佑郁闷地又喝了一口奶茶。

这奶茶明明是他经常喝的那一款，现在却觉得糖放少了，喝到嘴里的全是苦涩的茶叶味道。

林佑的眼睛转了转，在桌子底下踢了陆清一下，问，"你要的几分糖？怎么一点儿甜味都没有！"

陆清岩看都不看他，道："八分，只有你才喜欢这么甜。"

林佑瞄了一眼奶茶上的标签，八分甜，加奶盖，加布丁。他只能去怪奶茶店："下次不去买了，苦的，骗钱。"

陆清岩不理他，把数学作业写完传给旁边的叶楠山。

然后，他考虑了几秒，对林佑淡淡地说："我这几天打算回家住。"

"你为什么要回去住？"林佑盯着陆清岩，脸色都沉了下去。

如果是别人看见他这个脸色，大概会自觉地靠边站，生怕惹到他。

陆清岩却不怕他这个纸老虎，心平气和地跟他解释："马上期末考，我回去复习。"

正当的理由。

"你哪次考前这么认真了？又不是高考。"

"你怎么说话不算话，说好跟我像以前一样，现在却处处躲我。"林佑凶狠地看了陆清岩一会儿，又忍不住软了下来，脸上满是委屈，"我没有故意要瞒你。"

他低下头，沉默了几秒，又小声地说了一次："老陆，你这叫冷暴力，你要是真的生气，大不了……大不了我让你揍一顿。"

"我没有冷暴力。"陆清岩看着他，解释道，"我只是回去住几天，又不是要去申请换同桌。等我想明白了，就回来。你记得自己起床。"

林佑很想反驳他：你溜回家就能冷静了吗？

但听到陆清岩说不会换同桌，他又不敢多嘴了。他怕陆清岩第二天就跟人换座位了。

"那你准备回去待几天？"林佑问，他想了想，威胁道，"你要是不回宿舍，我也不住了，我住你家去。"

"我就住几天，冷静一下，你也冷静想想。"陆清岩笑了，安抚他,"毕竟这样下去,谁也冷静不了。"

林佑没再说话了,没说好也没说不好,只是又开始喝奶茶,明明一点也不好喝,他却咕嘟咕嘟喝完了。

第二天,陆清岩晚自习的时候果然消失了。林佑是一个人回宿舍的。

其他人还挺稀奇,路上好几个人挺惊奇地看着他,纷纷问他:"陆哥呢?怎么没和你一起?"

林佑心情极差,非常想回答"陆清岩在哪关我什么事"。但是他忍了忍,又咽了下去。

他脸色阴沉地回复:"他有事回家了,过几天就回来。"

别人一看他这个脸色,吓得也不敢再问,小心翼翼地从他身边绕过了。

就这样过了几天。

林佑觉得寂寞,从隔壁唐棋那里强行抱走一只猫,抱着猫在客厅看无聊的肥皂剧。

这肥皂剧放什么不行,非要放兄弟俩为了事业反目成仇,看得他一阵不爽,抱着猫的手都收紧了。

中途那只橘猫三次想从他怀里逃跑,但都被他强行摁住了,最后屈服于一个罐头下。

林佑看着ipad(平板电脑)屏幕陷入了思索。

电视剧已经放到了片尾曲,他也不再紧紧抱着橘猫,有一下没一下地摸着猫的后背。

那只胖橘在他怀里打了个瞌睡,因为得到了一个罐头,妩媚地冲他喵了一声,尾巴轻轻地扫过他的手腕。

直到睡觉前,林佑还在纠结。

他其实隐约能明白陆清岩生气的点在哪里。正是因为他和陆清岩都把对方当作家人,所以陆清岩才会生气他做决定时把自己排斥在外。

但林佑觉得委屈。

因为没有人比他更清楚陆清岩对他来说有多重要。他害怕陆清岩会影响他的选择。

如果陆清岩坚决反对,他这样一个任性的人也会为了陆清岩一退再退。

结果陆清岩那个浑蛋一点儿没有体会到他的心思,林佑气得直咬被角。

外头朦胧的月光和路灯使得窗帘隐约透出一点光,能看见婆娑的树影。

林佑翻来覆去都睡不着,最后爬起来,从床头摸了一枚硬币。

他气呼呼地想:不就是冷战吗,谁不会?他也要跟陆清岩冷战!

但他闭着眼睛一抛,硬币落在掌心里,是正面。

第二天下午,体育课前。

大家都出去了,教室里只剩下陆清岩和林佑。

陆清岩换好球衣准备往外走,却被林佑拦住了。

"怎么了?"陆清岩奇怪地看着林佑。

林佑一脸别扭,仔细看还有种要打人的架势。他说服自己,硬币抛出来是正面,男子汉大丈夫不能说话不算话,跟陆清岩道个歉而已。

结果他正酝酿着怎么开这个道歉的口,门口传来了清晰的脚步声。

体育委员从后门进来,看见陆清岩和林佑站在后排,奇怪地问:"在干什么?正找你们打球呢?"

林佑本来想说的话被打断,满脸不爽,便狠狠地看了体育委员一眼。

体育委员被瞪得一脸莫名其妙,不知道自己哪里惹到这尊大佛了。

陆清岩奇怪地看着林佑。

林佑喷了一声:"算了,先出去上课,再不去叶楠山他们也得找过来。"

于是,林佑一声不吭地跟着陆清岩往外走,满脸不高兴。

林佑像是突然吃了炮仗,每天看陆清岩鼻子不是鼻子,眼睛不是眼睛。

这情况一直持续了好几天。

陆清岩倒是神色如常。这几天他回家住,与林佑的相处时间,少了一半。

陆清岩不在的时候,林佑的脸色就更臭了。

连白鹭他们都察觉到了不对，旁敲侧击地问林佑："你跟陆哥吵架了吗？"

林佑却凶巴巴地说："谁跟他吵架。"

嗯，那就是吵了。几个人互看一眼，都在彼此的脸上看见了茫然。

稀奇了，从认识林佑和陆清岩到现在，这两人都好得像穿一条裤子，只有他们一起气别人的份，从来没窝里斗过。

他们又去问陆清岩。

陆清岩一边看竞赛题，一边漫不经心地道："没什么大事，过两天就好。"

几个人面面相觑，但这哥俩不说，他们也没辙。

就这样过了好几天。

一天晚上，陆清岩家里没人，就留下来参加了晚自习。

蔡小锅刚刚出去，教室里没人看着，大家虽然还在写作业，但是一边写一边聊天。白鹭和邵桉更是偷偷在桌子底下玩起了五子棋。

林佑在后头有事没事就围观一下，还要发表评论说他们菜，被两人一致回击，正热闹着呢。

离八点还差两分的时候，教室突然停电了，整栋教学楼都陷入了黑暗。

这天晚上恰巧没有月亮，是个阴天，只能听见一声又一声的惊呼声。

"这是怎么了？停电都不打招呼的吗？"

"跳闸了吧，应该过一会儿就好。"

"谁趁乱踩我，给我站出来。"

…………

教室里混乱得像菜市场。

林佑也不太适应一时的黑暗，但学校停电不算大事，早晚会来电的。

林佑在教室里扫视了一圈。

因为没有月光，教室里黑得像笼罩着一层墨，只能隐隐约约看见一团一团的黑影，依稀有人的轮廓。

月黑风高，最适合恶作剧。林佑起了坏心，准备吓前面的白鹭和邵桉一下。

他还没来得及行动，凳子突然被踹了一脚。他的凳子本来就是微微翘起的，他还坐在上面，凳子却被这一脚直接踹歪了，眼看就要摔在地上。

林佑在心里骂了一句，心想等他逮到是谁踹的，绝对要这人好看。

但他最终没有摔在地上，黑暗里伸出一只手，扶住了他，是陆清岩。

教室里乱哄哄的，又没有灯光，漆黑一片，谁也不知道这个角落发生了什么。

本来应该没有人注意到林佑这儿发生了什么，陆清岩明明在给前桌的叶楠山说一道题目，却精准无误地一把拉住了他。

陆清岩力气大，一下子把林佑拽了回来。

"你要不要紧？"陆清岩松开了林佑的胳膊。

黑夜里，陆清岩的脸庞看不真切，只能借着窗外一点朦胧的光看见他皱起了眉。

"没事，不疼。"林佑把自己的凳子扶了起来，在上面坐好，说，"我就是没坐稳。"

他没说是有人踹他，教室里乱七八糟的，估计是误伤。

但林佑跟陆清岩冷战了好几天，突然间又被陆清岩关心，还是觉得有点儿别扭。

陆清岩却好像忘了两个人还在不合，不放心地问他："真没哪里撞到吗？"

林佑张了张嘴，下意识想说"你管我干吗？不是生我气吗"，可最终没说出来。

"真没事。"他轻声说，别扭地道，"你别总大惊小怪，我又不是三岁。"

陆清岩下意识说："你比三岁大不了多少。"

这话一出，两个人都愣住了。

下一秒，教学楼来电了，夜晚一下子恢复成了明亮的白昼，教室里发生的一切都暴露在了灯光下。

陆清岩跟林佑彼此对视着，脸上的笑意都还没来得及收回去，就好像这阵子的矛盾，早就已经消弭于无形。

蔡小锅在灯光恢复后三分钟回来了，班里没人再说话，都老实地低头写作业或者复习，教室里安静得可以听见外面的风声。

林佑抱着一本书在看，却一个字都看不进去，一直在想刚才的那一幕。

无论什么时候，无论他跟陆清岩是吵闹还是冷战，最照顾他的永远还是陆清岩。

想到这儿，他又觉得自己为了一时之气跟陆清岩斗气，未免太不像话了。

陆清岩不就是计较他不跟自己商量嘛，大不了他改。

林佑心里想：以后早上先迈左脚还是先迈右脚都去问陆清岩，烦死他。

但林佑又有点儿拉不下面子。

好不容易熬到放学，林佑火速收拾东西走人，然而陆清岩一直不远不近地跟在他后头，这天陆清岩没有回家。

进了宿舍楼，林佑快步往楼梯上走，准备蹿进宿舍。但陆清岩没给他这个机会，在楼梯上就把他叫住了。

南楼里头人本来就少，现在楼梯口只有他们，似乎说话都带着回声。

林佑不肯看陆清岩，陆清岩低声问："不准备理我了？"

林佑还是不说话。

没等他纠结完怎么回答才能不丢面子地和陆清岩和解，他就听见陆清岩轻笑了一声。

陆清岩比林佑高了一个头，现在半弯着腰和他说话，那双浓墨一样乌黑的眼睛含笑看着他。

"晚安。"陆清岩笑着说，然后加快了脚步，抢先往宿舍走去。

林佑呆呆地在楼道里站了好一会儿。

Chapter 11
时差快递

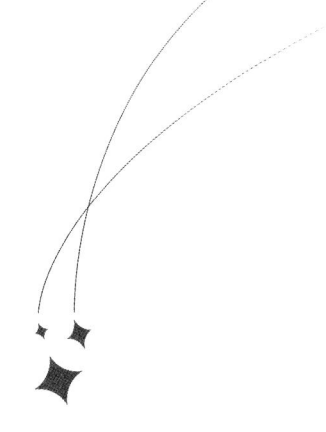

"我给你快递了一个死党,你要不要?"
"要。"

接下来的几天，他们谁也没有再提起林佑转方向的事情，即使林佑每天都在研究各大美院的招生要求。

陆清岩和林佑的相处模式也回到了从前，陆清岩没再故意疏远他，也没有刻意收敛情绪，只是也没有彻底说开，像是暂时地搁置了这件事。

但林佑总怀疑陆清岩要在寒假跟自己算总账。

再过两天就要放寒假了，两家人低头不见抬头见，还要在一起过年。

最重要的是，过年后，大年初三是陆清岩的生日。等年后开学，林佑就该去递交转班的申请表了。

这些天，林佑虽然表面显得轻描淡写，内心却思考着怎么跟陆清岩把话说开。

这天终于考完最后一门期末考试，林佑回到宿舍收拾行李，动作格外地慢，仿佛一位国王在巡视自己的疆土，总想找出遗漏的地方。一直到实在没什么能打包的了，他才拖着行李箱默默地走出来。

林佑一走下楼,就看见陆清岩站在楼梯口,身边放着和自己同款的行李箱。

两个人一起走到学校的门口,离校门口只差几步路的时候,陆清岩突然停了下来。

林佑还在胡思乱想,没有留意,被拉得往后倒退了一下,紧张地问:"怎么不走了?你干吗?有事快说。"

一点也看不出他平时无所畏惧的样子。

"期末考结束了,我们是不是该谈点别的了。"陆清岩含笑看着林佑这副样子,心情非常好。

林佑很想抻着脖子说不谈,但是又实在说不出口,只能小声地嘀咕:"谈呗。"

"我想问你,寒假能不能陪我过生日?"陆清岩托着脸,看着林佑道,"不能因为跟我吵了架,就连生日都不理我。"

这还是陆清岩第一次说到两人的矛盾。

林佑不忍心拒绝,只能乖乖点头,老实说:"好。"

又过了一会儿,他小声补了一句:"谁跟你吵架了。"

这就是把他们的矛盾抹平了的意思。

陆清岩笑了笑,还没来得及和林佑再说点什么,就听见一个再熟悉不过的声音喊了他们的名字。

陆清岩跟林佑一起回头,只见林斯哲和林斯予一起出现在了学校的正门口,陆清岩先反应过来,笑着打招呼。

林斯哲走过来,把林佑的行李箱拎到了手里。

林佑还以为他们是来接自己回家的,一蹦一跳地跑到林斯哲身边撒娇："姐，我又不是小孩子了，自己会回去，不用你们接的。"

林斯哲带着他往车边走，毫不留情地戳穿他的幻想："谁接你回家？我带你去机场。爸妈临时通知我们，今年过年他们得留在国外，让我们一起过去，年后再回来。这事儿我已经和陆阿姨陆叔叔说过了。"

林佑惊呆了。他停下了脚步，下意识看了陆清岩一眼。

陆清岩的眼中也同样流露出惊讶的神色。

"不是，怎么没人告诉我？"林佑急了，以前他们过年都是在国内，和陆家一起过的。

"这不是临时通知的吗？我们也是昨天才知道爸妈回不来了。离过年就六天了，机票还是好不容易买到的。"

林斯哲奇怪地看着他："年后我们就回来。"

今年过年是在二月一日，林佑考完试就是一月二十四日了，根本没剩下几天，所以他们才会这么仓促。

"我……"林佑的嘴唇动了动，"我不喜欢去国外过年。"

林斯哲已经把林佑的行李箱塞进了后备厢，没看见林佑的表情，顺口吐槽："你以为我喜欢？上次去国外吃了一礼拜炸鸡，闷了我一脸痘。要不是爸妈在，我才不去。也怪我们爸妈太忙了，一年到头就这么点假，还老出意外。"

一提起爸妈，林佑又迟疑了。

他从小到大都是放养模式，和爸妈的每一个聚会都来之不易。他心里天人交战，又想出国陪爸妈，又不想把陆清岩一个人丢在这儿。

他刚答应了要给陆清岩过生日的。说话不算话,这算怎么回事。

林佑还没能想出一个结果,肩膀就被人拍了一下。他讷讷地抬起头,愧疚地看着陆清岩。

陆清岩替他做出了选择。

"我等你回来。"陆清岩温和地说。

林佑小声保证:"我很快就回来。"

陆清岩笑了一声:"好。"

他说:"回来就找你。"

林佑他们这一班飞机是夜间航班,飞到 M 国的时候,因为时差,那边已经是夜晚了。

林佑在飞机上睡了一觉,倒是不觉得哪里困,就是坐久了多少有点儿浑身酸软。下了飞机,他跟他爸妈抱了一下,就老实地缩在汽车角落了。

蒋念惊讶地看看小儿子,偷偷问林斯予:"你弟咋了?来这儿一点不高兴?怎么了,已经到了嫌我们烦的年纪了吗?"

林斯予笑了一下,小声说道:"他不喜欢来国外过年,也舍不得他的好兄弟陆清岩,刚刚在路上就闷闷不乐的。"

"哦。"蒋念笑了一下,说,"这两个孩子倒是一直感情好,我还担心他们长大以后会疏远。"

坐在前座的林斯哲和林蒙已经开始聊起了林斯哲即将上

班的公司,话题严肃,完全没有参与后排的讨论。

林佑闷在角落里看手机。他的手机是有国际长途的,一下飞机就恢复成了正常模式,他刚一打开,就发看到了陆清岩发的微信信息。

陆清岩给他发了一张图片,图片上是一碗小馄饨,装在碧玉色的碗里,上面飘着几粒葱花。

陆清岩:"我妈特地给你包的,结果你没法儿来了,就便宜我了。"

林佑忍不住笑了一下,回了他一句:"等我回来一个都不分你。"

陆清岩的消息立马跟过来了:"下飞机了?累吗?"

"还好。现在在我爸妈车上,一起去吃晚饭。"

"那边冷吗?"

林佑这才往窗外看了看,窗外显然刚下过雪,道路两旁堆积着厚厚的一层。

"还好,不过也刚下雪。我今年难不成是雪童子,到哪里都下雪。"

陆清岩发了个表情,嫌弃他自恋。

直到去吃饭,林佑还在和陆清岩聊天,进了餐厅才恋恋不舍地收了手机。

他们吃的是开在华人区的一家川菜,味道居然还挺正宗。

"反正离过年还有几天,你们几个也可以结伴出去玩一玩。"林蒙对三个孩子说,"一切费用爸爸报销。"

林斯哲却不感兴趣:"算了吧,我又不是第一次来这儿了,我也不用您报销,我卡里有钱。"

她今年光是股票就赚了一笔,早就经济独立了。

林蒙又把视线转向两个儿子,却发现这两个人兴致不高,只有林斯予准备上街逛逛,看看有没有什么购物圣地。

蒋念笑他:"你上赶着想花钱,人家还不愿意。"

林蒙也没办法,他们夫妻都太忙了,陪孩子的时间都少,所以一旦团聚他就有满腔父爱想要挥洒,可惜三个孩子都不给他这个机会。

既然没法儿用金钱表达父爱,林蒙只能曲线救国,转而关心孩子们的情感生活。

林斯予还算配合,问什么说什么;林斯哲却装聋作哑,完全无视爹妈的追问,问急了就说自己单身主义。

蒋念苦口婆心去给林斯哲介绍对象:"不是妈说你,你弟弟还小,你可不小了。你袁阿姨家的孩子不好吗?音乐学院的,拉小提琴,特别有气质,见一面怎么了……"

林斯哲痛苦地堵上了耳朵,深觉自己不该在这里,而该在车底。

林佑在旁边扒拉着饭,一开始还提心吊胆,生怕爹妈也突然这么关心他,结果他爸妈已经把林斯哲逼问得快要钻桌子底下去了,也没人给他一个眼神。

他不禁有点儿不满,干吗呢,没人注意到这桌上还有一个大活人吗?

意识到自己在这个话题上完全插不上嘴，林佑抗议道："爸妈，你们怎么不问我？"

蒋念白了他一眼："你瞎掺和什么，你要是敢有什么情况，我第一个打断你的腿。"

他爸也嘲笑他："就你这不靠谱的性格，以后哪个姑娘会喜欢你？喜欢清岩还差不多。"

林佑差点儿被可乐呛着了，连着咳嗽了几下。

他板着脸看着他爸，给他爸夹了一个鸡腿："林蒙同志，有句俗话叫多吃鸡腿少八卦，你就是太爱八卦了头发才掉得这么厉害。"

他爸听了想揍他，但看在一腔父爱还在保质期内的分上，忍了。

等到一家人吃饱喝足，时间也晚了，他们把车停到了房子的车库里，在小区里散了一会儿步，当消食了。

因为工作需要，林蒙和蒋念都常年待在国外，他们索性在这儿也买了一套小房子，带着一个花园，春天院子里会开满玫瑰。

蒋念难得展现出了慈母的那一面，牵着林佑走在前面，指着花园的秋千，有些怀念地对林佑说："你小时候总喜欢玩秋千，我们就在这里也放了一个，可是放了这么久，你也没来几次。也不知道什么时候起，你就长大了，到了不喜欢秋千的年龄了。"

林佑知道他妈这是又开始愧疚了。

一家三个孩子，就他被放养得最狠，几乎是在陆家长大的。

但他也没觉得哪里不好，柳阿姨和陆叔都是非常温柔又细心的人。

他跟陆清岩打打闹闹一起长大，同进同出，从来没受过什么委屈。

但林佑没提这些。他妈知道他过得好，却依旧会心疼他。

父母没能参与孩子的长大，无论什么时候回忆起来，都是人生憾事。

林佑跟妈妈贫嘴："你儿子早就不喜欢秋千了，改喜欢球鞋和游戏机了。最近，天恒公司新出了一款最新的型号，不如您考虑一下。"

蒋念攥着他的手默默收紧了。她看了看林佑，这个当年只到她肩膀的孩子已经比她高了。

她抬手拂去了林佑身上的一片枯叶，想了想还是同意了："买吧，腿长在你身上，我还能拦住你不成。"

林佑大惊，甚至开始怀疑他妈给人调包了，直到被他妈拍了一下背才老实了。

很好，还是原装的。

就这么在 M 国过了好几天。

蒋念和林蒙照常去公司，林佑虽然懒得出门，但还是出去转悠了好几次，路上看见点什么都要跟陆清岩直播一下。

他站在寒风里，跟陆清岩视频，手里是一根加了坚果的大油条。

"我真是服了外国友人的想象力了，油条里头加坚果，真是个鬼才。"林佑吐槽道，"那大兄弟还要拉着我说他去中国学习过，让我评价一下，你说我评价点啥才能不伤害外国友人感情。"

陆清岩这边是晚上。他穿着居家的深色毛衣，坐在阳台上看着视频里的林佑。

林佑这天穿了一件白色的羽绒服和牛仔裤，两条腿修长笔直，走在异国的街头会时不时地被人打量几眼。

林佑吐槽了一通终于爽了，但是迟迟不见陆清岩说话，一抬眸，正对上陆清岩含着笑的眼神。

"我差不多要回去了。"林佑拎着手上的东西给陆清岩看，"中午吃火锅，我要到超市买食材。"

他说着要回去，却没有挂断跟陆清岩的视频。

陆清岩说："小佑，明天是国内的除夕了。"

"嗯。"

"除夕过后，离你回来就很近了。"

"嗯……"

陆清岩跟林佑随便说了点班上的八卦消息，直到他到家。

进了屋子，陆清岩就自觉地挂了视频，让他多陪陪自己的家人。

可林佑反而怅然若失，不太能适应耳边一下子少了一个声音。

往年这个时候,他应该在沙发上跟陆清岩分吃一盘瓜果,一起打游戏、抢电视机。到了晚上,两个人还会一起守岁,好得不分你我。

今年,他们却一个在国外,一个在国内,中间隔了十三小时的时差。

林佑在院子里站了好一会儿才重新迈开腿,换上一张笑脸,走进屋子里。

吃火锅的时候,林佑像是不经意一样问了他妈一句:"妈,我们到底什么时候回国?我要回去吃柳阿姨做的馄饨。"

蒋念正给他烫牛肉呢,闻言戳了他一指头:"怎么?你亲妈亏待你了?"

"没,亲妈也好,"林佑嬉皮笑脸地凑过去,"就是想回去了。"

蒋念笑了一下:"订的初二的票,不出意外后天就能走了。"
林佑满意了,心满意足地啃着肉丸子。
还有两天。
但林佑没想到,他妈这么靠谱的人,也会有不靠谱的时候。
初二的上午,他连行李都打包好了,坐下来吃早饭的时候才被他妈告知,因为他们公司临时又出了幺蛾子,他们得再留下来几天,由此产生的损失公司全部报销。

"我就把你们的票也给改了,初八我们再回去。"蒋念说。
她其实也有点儿头疼,但是从初二改到初八也不算大事,她也就没过多和公司争执。

等她抬起头,却发现林佑满脸震惊,手里的面包都掉了。

"你怎么不早说?"林佑来了这儿以后,第一次露出崩溃的表情,"你也不跟我打个招呼就改我的票!"

他除夕那天晚上刚和陆清岩通了电话,说他初二就回去,陆清岩跟他在电话里说好,说院子里的梅花开了,等他回来就剪几枝给他放在卧室里。

昨天晚上,他还和陆清岩说,第二天他就回去了,可以给陆清岩做个大大的生日蛋糕,可现在却回不去了。

林佑快被气哭了,脸色铁青,却又憋着不能跟他妈发火,只能重重地咬紧了牙。

其实,初二到初八也没有很久,但是陆清岩已经准备好在他初三下飞机的时候到机场去接他了,他怎么能对陆清岩爽约呢?

蒋念没料到林佑会有这么大的反应,一时间也有点儿慌乱。她其实是最不了解小儿子的,他平时闹归闹,但是对家人脾气一向很好,难得看见他这么难受的样子。

"你回去是有什么重要安排吗?"蒋念不知所措地问他。

林佑留下了没喝完的半杯咖啡和一整颗煎蛋,说:"我先上楼了。"

他很努力地想对他妈笑一下,但没成功。

回到楼上,林佑看见了自己整理好的行李箱靠在墙角,银色的行李箱。

他坐在床上发了一会儿呆，还没想好要怎么告诉陆清岩这个消息，他的手机却先响起来了，上面是陆清岩的名字。

林佑接通了电话，有气无力道："喂？"

陆清岩在电话那头沉默了一会儿，才说："你今天没法儿起飞了，是吗？"

林佑没料到陆清岩已经知道了，心慌了一下，迟疑地承认了："嗯……"

陆清岩不问还好，一问林佑就更加难受。他不知道要怎么回答陆清岩。

陆清岩站在自己家的院子里。他这边是下午，院子里梅花开得很好，蜡梅和红梅都有，在阳光底下有种半透明的质感。

"我早上听我妈说了，阿姨那边有事，改签到初八了，"陆清岩安慰林佑，说话的声音温和镇定，"那你就在那边多玩几天吧，不用急。"

林佑的声音充满了不可思议："不急？我们不是约好一起给你过生日吗？"

陆清岩闭上了眼睛，不知道怎么回答这个问题。他尽量冷静地说："这不是我急不急的问题，事情已经发生了，我们也在一起过了这么多年生日，不差这几天。"

林佑深吸了一口气，觉得自己要被陆清岩气死了。他在这边儿急得像热锅上的蚂蚁，陆清岩倒是比他淡定。

他的火气一下子上来了，尽管明白自己是无理取闹，但是话不受控制地往外蹦："你别跟我说这些有的没的，你到底

小贴士：
实线裁剪
虚线折叠

默契公式

想不想我回去？你觉得晚几天无所谓是吗？那我干脆过完假期再回好了。"

林佑说完这话就咬住了舌头，开始讨厌自己了。

可说出去的话又不能收回来，他只能握着手机惴惴不安地等着陆清岩说话。

电话里只有两个人的呼吸声。

过了一会儿，陆清岩说："小佑，我当然想和你一起过生日，但我不想你为难。"

林佑的嘴角慢慢勾了起来。也不知道为什么，他居然笑了一下。

他的视线又落在了墙角的行李箱上。

"那你就等着初八见我吧。"林佑的脸上还带着笑，却故意压低了声音，"陆清岩，这两天我手机都关机。再见了，您嘞。"

说完，也不等陆清岩回话，他就把通话挂断了，然后拎起行李箱冲下了楼。

陆清岩猝不及防被林佑挂断了通话，再回拨过去，已经提示关机了。他看着手里的手机，眉头皱得能夹死蚊子。

摊上林佑这个性子，他这颗心脏真是承受了太多年轻人不该有的负担。

"可真是个祖宗。"他无奈地笑骂了一句，但是笑了没一会儿，心底深处又涌上了失望。

陆清岩正在这儿悲春伤秋，他哥也从屋子里溜达了出来，往他旁边一站，说："林佑回不来了，对吧？"

陆清岩看了他哥一眼，不是很想理他。

陆北名等不到回答也不气馁，摇了摇头，故作安慰："斯予也回不来了，不过他答应我回来就和我一起去野营。你呢，要不要蹭个车，一起去玩儿？"

陆清岩面无表情地看着他，指关节咔嚓作响。

陆北名看看弟弟的脸色，笑了一下，也不逗他了。

兄弟俩坐在花园的高背椅上，英俊的面容有些相似，身材高大，看上去相当养眼。

陆北名道："小时候，我们片区也不是只有林佑跟你同龄，你怎么就偏偏就和他关系这么好？"

陆清岩抬了一下眼皮，赏了他哥一个眼神："有意见？"

"没，就觉得你交朋友的眼光还挺独特。"

陆清岩踹他："滚。"

陆北名笑着拍了拍自己的裤子："又没说林佑坏话。你说，他和斯予是亲兄弟，怎么斯予就是贴心温柔的性格，那孩子就又皮又急性子的，也就你受得了。"

陆清岩不说话了。

林佑刚刚还挂他电话了，确实皮得很。

他的心情一下子变得极差，对着他哥气不打一处来："管得着么你？"

陆北名逗了自家弟弟一番后，舒坦地伸直了两条长腿，伸了个懒腰。

陆清岩没说话，站了起来，走到陆北名身边。他在陆北名疑惑的视线中，一脚把陆北名的凳子给踹翻了。

陆北名猝不及防地摔在了地上，疼得龇牙咧嘴。

陆清岩头也不回地走了，相当冷漠。

一直到晚上睡觉前，陆清岩都没能打通林佑的电话，信息发了无数条，全部石沉大海。

他坐在落地窗前，有点儿无可奈何。

林佑这气性可够大的，不过是拌了两句嘴，连吵架都算不上，居然就真的能一天不接他电话。

陆清岩待在阳台冻了一会儿，看了一下时间，已经快十二点了。他给林佑又发了一条短信，等了半个小时，依旧没见到回音。

陆清岩只能叹了一口气，默默地回去洗漱睡觉。

临睡前，他心里琢磨着，既然林佑回不来，不如他买机票去找林佑好了。

清晨六点，陆清岩被手机铃声从睡梦中惊醒了。还没接电话，他就直觉是林佑打来的。

一点开，果然，林佑在电话那头哼了一声。

"祖宗，你可终于回电话了。"陆清岩闭着眼说，心里如释重负。

林佑又哼了一声，说："我才懒得接你电话。你就会跟我说没关系。我用得着你这么宽容大度吗？"

陆清岩真是服了林佑的吵架能力。他彻底不困了，躺在床上看着天花板，隔着手机道歉："好吧，是我不对。我下次应该直接说我想见你的。"

林佑那边满意了，问道："那你现在跟我说实话，你是不是想现在就见到我？"

陆清岩已经从床上起来了，倒了一杯水，缓解了一下喉咙的干渴，对着手机说："你这不废话吗？我都开始考虑买机票去M国找你了。"

林佑满意了，冲着电话说："行吧，下来开门吧。"

陆清岩愣住了，而后道："我下来开门干吗？你寄了快递给我？"

林佑被气笑了，深吸了一口气，冲着电话嚷嚷："傻子，我在你家楼下！"

陆清岩从楼上跑了下来，只见花园的门外，暗淡的路灯底下，有一个银色的行李箱，上面坐着一个人。

那人眉眼俊秀，眼神明亮，两条长腿像是无处安放，微微地屈着，脖子上戴着一条红色的围巾，乱七八糟地挂在肩上，却不影响他照样好看。

林佑就坐在行李箱上看着陆清岩。

半个小时前，天上飘了一点碎雪，太小了，还不能在地上堆积起来，但是他的头发上却沾上了一点雪粒子，脸也快被冻僵了。

他看着陆清岩从院子里的梅花树下向自己跑过来，不知不觉笑了起来。

林佑坐在行李箱上，轻松随意地跟陆清岩打招呼，仿佛他只是从隔壁来串了个门。

"老陆，生日快乐！"他冲着陆清岩笑，嘴角的酒窝露了出来。

陆清岩以为自己还在做梦，恍惚地问："你怎么回来了？"

林佑笑了笑："老陆，你这不就明知故问了吗？"

当初，他放下电话，拎上行李冲下楼，在他爹妈震惊的目光中宣布他要一个人回国。然后一个人坐了十几个小时的飞机，一个人在深夜的街头拦了半小时的车，终于出现在了陆清岩家门口。

整整十个小时的飞机，林佑一点都不困。

他知道自己这举动很鲁莽，回头一定得磨破嘴皮才能跟爸妈解释，但他不在乎。

他十分兴奋，自顾自地坐在飞机上傻笑，想着待会儿陆清岩见到他会是什么表情，就这样想了一路。

他完全理解了陆清岩之前跟他闹别扭的原因。

如果陆清岩真的有什么事情隐瞒了他，他大概也会十分伤心。

"老陆，我确实给你寄了个快递，"林佑拍了拍陆清岩的肩，对着陆清岩笑道，"我给你快递了一个死党，你要不要？"

"要。"陆清岩一秒钟就给出了答复。

说完这句话,两个人面对面看着,突然都傻乎乎地笑了起来。

在这条昏暗的小巷子里,早晨六点,天还没亮,只有路灯从头顶上投下昏黄的光。

"欢迎回来。"陆清岩说。

Chapter 12
黑历史

照片上，他和陆清岩都面无表情，陪着一帮小孩玩过家家。

陆家的人都还没有起床,屋子里静悄悄的。

路过花园的时候,林佑还顺手折了一枝梅花,那枝梅花才开了一半,花骨朵缀了满枝。

陆清岩替林佑挂起了大衣,刚刚摘下的那枝梅花的枝子掉在了行李箱上,室内若有若无地飘着梅花香气。

两个人好一阵子没见,站在门口就说起了话,林佑什么都想告诉陆清岩。

不过飞了十小时的飞机,林佑是真的累了,说不了几句就困了。他一口气睡到了下午,才迷迷糊糊地从被窝里钻了出来。

林佑在陆家是有自己的房间的。这么些年,他相当于陆家第三个儿子,所有的生活用品在陆家都有一整套。

等他迷糊地揉着眼从房间里出来的时候,陆清岩正端着一碗甜汤往楼上走。

两个人在楼梯口相遇,林佑呆呆地看了陆清岩一会儿。他困糊涂了,一开始还没反应过来,好一会儿才跟陆清岩打了个招呼。

于是，陆清岩跟林佑一起下楼，把手里的碗放在了餐桌上，让林佑坐着吃。

"还有一会儿就吃晚饭了，怕你饿，先喝点甜汤垫垫肚子。"陆清岩说。

林佑看着甜汤就馋了，正闷头喝着甜汤，柳霈就从厨房里出来了。

"小佑醒了呀？睡得舒服吗？"柳霈走过来，温柔地问林佑，"我早上才知道你回来的，刚刚都没敢去吵你。"

林佑点头，有点儿不好意思："睡够了。"

柳霈有点儿担忧地看着林佑说："你真是把我们都吓坏了。你妈妈早上还在问我，是不是你在国外待得不高兴，为什么这么急着回来？"

陆清岩在对面闷笑了一声。

林佑对上柳霈担忧的眼神有点儿无措，只能随便找了一个借口："我本来就不爱去国外，待在那儿每天水土不服，上吐下泻的，当然盼着回来。待会儿我去给我妈打个电话。"

他纯属胡说八道，明明每次吃饭就他吃得最多。

但柳霈信以为真，立马发愁了："我晚上还准备烤肉呢，看来你不能吃了。你等等，我给你再弄个粥去。"

陆清岩又是一声闷笑，林佑目瞪口呆地看着柳霈走进了厨房，然后在桌子底下狠狠踹了陆清岩一脚。

晚上大家吃烤肉，只有林佑喝白粥配小菜，嘴里淡得不行。

林佑下午跟他爸妈通了个电话,依旧是水土不服那套说辞,再加上在国外实在无聊,才迫不及待地要回来。

他爸妈被他忽悠得没再纠结,便让他老实在陆家待着,别到处去玩,等他们回来再会合。

林佑自然毫无意见,开开心心答应了。

现在,林佑一边喝白粥,一边闻着烤肉的香味,口水都要流下来了。他都开始怀念昨天在机场吃的炸鸡了。

柳霈做了水煮鱼和麻辣兔头,每个都是他爱吃的,偏偏现在一口都不能碰。

陆清岩看林佑可怜巴巴的样子,想笑又不忍心,趁着他妈回厨房端汤的工夫,飞快地用生菜包了几大块肉,放到了林佑的碗里。

陆北名在旁边翻了一个白眼,默默地给自己卷了一大块肉。

林佑心满意足地把肉咽了下去。

柳霈盛完汤回来,一眼就发现了猫腻。她伸手拍了自己儿子一下,说:"你又背着我给小佑塞肉,说了他肚子不舒服,回头闹肚子了疼的又不是你。"

她又扭头点了点林佑的额头,好笑道:"还有你,偷吃都不知道擦干净嘴,嘴边上还有芝麻粒。"

林佑虚心地接受批评。

林佑就这么在陆清岩家住到了初八。

211

这期间，林佑也不闹别扭了，老老实实地跟陆清岩好好聊了聊："老陆，我在国外反思了，我之前确实不对，下意识觉得你说不定会反对我，专业方向这么重要的事情都瞒着你。我下次不会了。"

陆清岩一怔。其实他早就不在意这件事了。

他扭头望着林佑，问："你不觉得是我管太多吗？"

他其实也在反省，他又不是林佑的监护人，有什么资格要林佑什么都不隐瞒。

"当然没有。"林佑说得很自然，他跟陆清岩生气，只是因为陆清岩跟他冷战，他觉得委屈。

"如果是你瞒着我，我估计早就发飙了。"他说这句话也有点儿羞赧。

相比之下，陆清岩说是冷战，其实还是到处护着他，跟他这脾气比起来还是好一些。

陆清岩没想到林佑最后说出这样的话。他淡淡地看了林佑许久。

陆清岩从来不是一个喜欢干涉旁人的人，可林佑不一样。他和林佑一起长大，总觉得林佑还没长大，他做不到不管他。

笨死了。他在心里说。

但这话不能说给林佑听，听了他又得炸毛。

想到林佑气鼓鼓的样子，陆清岩笑了一下，问："吃水果吗？我给你去洗。"

"要，要，要。"

十分钟后，林佑一边吃着冰激凌一边吃着陆清岩洗的车厘子，觉得人生圆满。如果不是每天下午还得写一张试卷，那就更美好了。

他们在房间里做作业，陆清岩亲自抽背林佑总是不过关的语文课文。

林佑虽然成绩好，但真的不爱背书，觉得陆清岩简直是蔡小锅附身。

唯一的区别是陆清岩戴着眼镜的样子挺帅的，明明眼中带着笑，却还故作严肃地抽背他的课文，一点都不放水。

林佑一边背着课文一边暗地里想：等着吧，等我爸妈回来了我就跑！

蒋念和林蒙这次说话算数，初八就带着林斯予回来了。

林斯哲因为实习的公司有事，已经提前去上班了。

林佑欢天喜地拎着行李箱跟他爸妈跑了，连一个多余的眼神都没给陆清岩，整套动作行云流水，相当白眼狼。

陆清岩只能在房间里跟林佑打电话。

他们两家的别墅中间只隔了几米，他和林佑的房间正好是相对的，走到阳台上就能看见对方的房间。

林佑趴在床上看着漫画，旁边还放着他哥洗好的草莓，跟陆清岩胡说八道："老陆，我这就要批评你了，距离产生美，适当的增加距离，我们的友谊才能更加美好。再说了，我们这几米的距离，家还在你隔壁，你一伸脚就过来了。"

林佑坐起来，挠了挠鸡窝一样的头发，又说："你明天来我家吃饭呗，或者我去你家吃饭，吃完饭我们出去打球。"

陆清岩笑了一声："好，地点你定。"

林佑乐呵呵的，又跟陆清岩聊了点别的，才把电话给挂了。

结果第二天一早，林佑就被爹妈打包送到了外公外婆家里。

林佑站在郊区的无公害绿色小院里，面对满院子的花花草草，还有闲庭散步的鸡鸭鹅，后悔得想死的心都有了。

他要是早知道有这一出，干吗还多此一举从陆家搬出来？他站在院子里，对着一只年轻的小公鸡，破口大骂了十分钟。

小公鸡从地里刨了一条虫子，理都没理他。

陆清岩对此也是相当无语。

他们这年过得简直鸡飞狗跳，计划永远都赶不上变化，随时能出点幺蛾子。

毕竟他们还有三天就开学了。

林佑蹲在院子里反思了半个小时，最后终于想开了。他每年过年都要来外公外婆这儿的，今年把这事给忘了，也怪不了别人。

他举着视频让陆清岩看他外公外婆的小院子。

林佑的外公外婆年轻时候都是艺术骨干，特别有气质，也有生活情趣，到老了热爱上了田园生活。院子里除了花花草草还种着绿色蔬菜，鸡鸭鹅在院子里面随便走，大摇大摆的，十分嚣张。

　　林佑蹲在那儿琢磨，问陆清岩："你说这天天散步的鸡鸭鹅，肉是不是比较好吃？"

　　陆清岩也不知道："会吧，不过这事儿你得问我妈。"

　　林佑的视线又落在了一只摇摇摆摆的大白鹅身上，对着陆清岩嘀咕："鸡肉鸭肉我吃多了，鹅肉倒是不常吃。你说我要不要跟我外公说下，晚上吃个红烧鹅？"

　　他想得挺美，满院子的鸡鸭鹅在他眼里就是一盘盘长了脚的肉。

　　他的眼神可能过于热切，盯着大白鹅的眼神过于直白，那大白鹅本来悠闲地散着步，也不知道哪根筋搭错了，突然朝着林佑冲过来，一顿猛啄。

　　林佑手上还抓着手机，躲闪不及，被一只扑扇着翅膀的大白鹅撵得满院子跑。他一边跑一边冲着手机里嚷嚷："这是什么鹅？恶霸吗？它知不知道谁才是这家的主人？！"

　　那大白鹅显然是不知道的，追林佑的脚步一点没松，还借着翅膀扑腾起来，准确地咬住了林佑的大腿。

　　林佑号得惊天动地。

　　陆清岩都在视频那边愣住了。他从来没见过林佑被欺负，谁能知道居然败在了一只鹅的嘴下。

　　最后，还是外公赶过来把林佑从鹅嘴上救下来。

　　晚上，林佑满脸郁闷地吃完了晚饭，就趴在床上养伤了。

　　他其实也没多疼，之前磕到鼻梁可比这疼多了，但谁在外公外婆家还不是个小宝宝了。

他外公却不是很心疼他，戴着一副老花镜看报纸。

"我那鹅养着是看家护院的，你就惦记吃。"外公翻了一页报纸，淡然地道，"年轻人别老吃肉，吃点素不好吗？"

林佑怒了："你上次偷吃鸡腿还是我打的掩护呢！"

外婆默默地斜眼看了一下外公，外公把脸转到一边，不说话了。

外婆也懒得理这个老头子，自顾自给地乖孙削苹果。老头子不心疼，她还心疼呢。

她一边削苹果喂给林佑，一边唠叨："你现在是个小大人了，不要总是上蹿下跳的，万一磕破了脸、磕破腿多不好。你这脸这么好看，留点疤可不行。"

林佑咬着苹果不说话。

他外婆年轻时候是大家闺秀，会女红、会写诗词的那种。按照她的审美，她格外喜欢那种贤淑雅静的性格。

可惜，林斯哲跟这些词都不太搭边，蒋念也不贤淑、雅静，林佑更是皮得不行。

唯一能让外婆有点儿安慰的只剩性格温柔的外孙林斯予了。

外公看老婆没有跟自己计较那根鸡腿的意思，又嘚瑟起来，在旁边接话："你说小佑他咋皮成这样，我记得他小时候来过暑假把附近所有鸟窝都给掏了，还把隔壁的孩子给欺负哭了。"

林佑跟他抬杠:"外公,你还说我呢,多看看外头的世界吧,别天天捧报纸。"

他外公冷笑一声,懒得理他。

林佑外婆又给林佑剥了一个橘子,说:"你估计不记得了。小时候,陆清岩跟你一起来我们家玩,他长得好看,隔壁的小女孩小男孩都抢着要跟他玩,结果你猜小陆说什么?"

林佑不记得这事了,但不妨碍他感兴趣:"说什么了?"

外婆笑了一下:"小陆说只和你一起玩,其他人都不玩。"

林佑扑哧笑了出来:"那后来呢?"

他觉得以他小时候那脾气,就算是陆清岩,也没少跟他打架。

外婆站起身,去旁边的书架子上抽了一个相册过来,一边翻相册,一边回忆:"有什么后来的?你们就玩在一起了呗。一群小孩子玩过家家,你们还当大王跟将军。"

林佑嘴里的橘子都吓掉了,这什么黑历史?

他下意识想说不可能,他不可能这么幼稚。但外婆却把证据推到了他面前:"喏,照片我还留着呢,你小姨拍的,还给你们涂了腮红。"

林佑低头看了一眼,然后整张脸就皱了起来,觉得相当辣眼睛。

照片上,他和陆清岩都面无表情,也不知道到底是出于什么原因,陪一帮小孩玩了过家家。

他头上戴了一个红色的丝巾,手上拿着个苹果,满脸无聊地啃。

陆清岩穿着白色的小衬衫和长裤,看着比他正经不少,但是一脸严肃,一副看谁都像傻子的表情。

林佑看着照片上才五六岁的陆清岩,本来颇为嫌弃的表情慢慢松弛下来。

他好久没见过这么年幼的陆清岩了,小时候陆清岩皮肤还挺白,也不知道为什么长大就成了健康的小麦色。

他看着看着,不禁笑起来,问他外婆:"这是我几岁?"

外婆回忆了一下,说:"你们都才六岁,小不点儿。"

林佑把那张照片拿了起来,既觉得照片照得丑,又觉得照片上的陆清岩十分可爱。

外婆低着头看其他照片,里头还有不少陆清岩和林佑小时候的合照。

她戴着老花镜抬头看了看林佑,林佑趴在床上笑得乐不可支。他的小酒窝圆圆的,穿着简单的T恤当睡衣,要不是知道快成年了,看着还像十五岁。

林佑把那张照片拿了下来。晚上跟陆清岩视频的时候,他笑呵呵地问陆清岩:"老陆,你知道我们小时候还玩过家家吗?"

陆清岩不知道他怎么会有这个问题:"什么过家家?"

林佑把那张照片举起来,让陆清岩看。他笑得乐不可支,说:"你看见没?这照片太土了,土得我窒息。我们才六岁,也不知道被谁忽悠的。我是大王,你是我座下的将军,虽然照片上看不出来，但是我外婆说的。"

陆清岩也被这照片震惊到了，忍不住皱起了眉头。

确实很土，拿出去绝对算黑历史。

但他看了一会儿，又觉得照片上专注吃苹果的林佑很可爱。

"你小时候跟个白汤圆一样。"他笑着说。

林佑不服气，立马攻击回去："你还从小就会装冷酷呢。"

两个人拌了几句嘴，互相人身攻击，但是过了一会儿，又不约而同地停战了。

林佑躺在床上，问陆清岩："我们这算不算早就是兄弟了？"

他问得很不好意思，觉得这太矫情了，有损他酷哥的面子。但他确实又有点儿开心。

他本来还以为陆清岩是大王呢，结果外婆说，从小就是陆清岩当将军，因为要护着他。

陆清岩笑了一下："算。"

林佑想笑话他，但话还没说出口，又没了气势，举着手机傻笑。

林佑在外公外婆家好吃好喝地养了三天，脸都圆了一圈。还好第四天就要去上学了，没给外婆继续发挥的机会。

大年十一一大早，陆清岩在家门口等来了拖着小行李箱的林佑。

两个人没有让家里送，打了一辆车去学校。

第一天开学，报完名十点钟才上课。

林佑跟陆清岩把东西在宿舍里都安顿好，才晃进了教室。

隔了十几天没见，全班同学或多或少都圆润了一圈，一看就营养过剩。尤其是侯子成，他爸本来就做饭好吃，还日常投喂甜点，来了学校后他都胖了五斤。

"养猪都没你长膘快。"林佑不客气地吐槽他。

侯子成忧伤地摸了摸自己的双下巴："你以为我乐意？我好歹也算个帅哥，现在都胖出双下巴了，我找谁说理去？"

白鹭也胖了不少，但她热爱健身，所以暂时看不出来。侯子成盯着她琢磨了一会儿，思考自己是不是也得去个健身房。

大家抓紧上课前的最后几分钟，交流了一下寒假心得。

侯子成没什么好说的，叶楠山寒假又被送补习班了，白鹭去她舅舅的酒店帮忙去了，提前感受了一下打工人的生活，邵桉就在家里待着。

"陆哥，你们寒假去干吗了？约你们一起打游戏都不上线？"叶楠山问他们。

林佑跟陆清岩对视了一眼，两个人眼中都带了一点儿心照不宣的笑意。

"增进我们的友谊去了。"林佑耸了耸肩。

又过了几分钟，蔡小锅走上讲堂，环顾了一下教室，对上了一双双还没有从假期里清醒过来的、萎靡不振的眼睛。

他充满嫌弃地"啧"了一声，然后说："你们这一个个十七八岁的，比我都像老头子，一点朝气都没有。"

他扫视了一眼，发现林佑那个角落的人眼睛雪亮，夸赞了一下："你们看看最后几排，那几个，精气神就很好，迅速适应了上课的节奏。"

林佑扑哧笑了出来。

也许是因为大家这天相当萎靡不振，下午的体育课破天荒地没有被占用。

下午第二节课下课铃声刚一响，教室就空无一人了，大家全都去了操场。刚刚在数学课上还要死要活的一帮人，纷纷拥上了篮球场。

林佑也在里面，上蹿下跳地抢球，场面被他带动得极为活跃。

陆清岩这天没上阵，也没兴趣跟林佑在球场上竞技，坐在后补座上。他背后就是栏杆，栏杆的另一面站着两个女生和一个男生。

这几个人坐在椅子上聊天。他们穿着干净的深色西装校服，在冬日的阳光底下很有青春电影的感觉。

几个人叽叽喳喳地在聊天，音量一开始还正常，但没一会儿就抬高了，方圆几米都能听见。

陆清岩没什么兴趣，只当是背景音。

他的长相过于优越，长相英俊，宽肩窄腰腿长。明明操场旁边站着坐着一堆人，可是他在里头，就像仙鹤掉在鸡群里，特别显眼。

林佑虽然在场上上蹿下跳地打篮球,但目光时不时扫向陆清岩待的那个角落,很快就发现陆清岩不是一个人坐着了。他身边站了两个女生一个男生,都不是他们班的,正开怀大笑地跟他聊天。

陆清岩居然也在笑。

奇怪了,陆清岩这种对陌生人一个眼神都不会给的性格,怎么会平白无故就跟人聊上了。

"林佑,传球!"有人喊他。

林佑收敛了心思,把球传给了人家。等他打完球,陆清岩身边又空无一人了。

林佑满身热汗地走过去,一屁股在陆清岩身边坐下。

陆清岩拿着一瓶可乐递过来,问他:"喝不喝?"

林佑把可乐拿了过来,不满意地说道:"怎么不是冰的?"

"刚运动完不适合喝冰的。"陆清岩说,"没给你买矿泉水就算不错了。"

林佑把可乐打开,咕咚咕咚喝了小半瓶,嘟哝道:"那晚上我要吃拐角那家炸鸡排,你帮我去排队。"

陆清岩答应得很干脆:"行,旁边那家蜂蜜蛋糕吃不吃?"

"吃。"

陆清岩跟林佑一起往教室走,陆清岩问:"林佑,你知道过两天是什么日子吗?"

林佑捏扁了可乐罐子,随手投进了垃圾桶里。他茫然地看了陆清岩一眼,问:"什么日子?要考试了吗?"

陆清岩无语:"没错,是开学摸底考试的日子。考不好蔡小锅就要'削'你。"

林佑信以为真,大惊失色:"我怎么不知道?蔡小锅太阴险了吧?准备临时突击吗?"

当晚回了宿舍,林佑躺在床上玩手机,看着手机上花花绿绿的海报,终于发现过两天是元宵节。

林佑笑了一下,低声骂道:"老陆就知道骗我。"

他这天下课后真的去问蔡小锅是不是要考试,蔡小锅不客气地表示可以单独为他安排一场。

转眼就到了元宵节当天。

从早上起,陆清岩收到的小零食就没停过。

这种盛况自打他们入学就开始了,逢年过节,总免不了一些来表示"关爱"的。

去年因为收到的零食过多,陆清岩和林佑分都分不完,最后只能带回去给柳霜,让她融了做巧克力曲奇。

今年,林佑对陆清岩桌上那堆小零食已经见怪不怪了。他桌子上也有,还是来自书法社的,他就不能理解了。

林佑一脸蒙地看向四周,真诚发问:"他们为什么要送我巧克力?"

侯子成倒是知道:"哦,他们感谢你上次帮忙画了海报。"

林佑挑了挑眉毛,没再说什么。他随手把巧克力扔向周围人,顺便把陆清岩那堆也分发了,说:"给你们了,你们谁爱吃就谁吃吧。"

其他人倒也不客气,挑着一看就比较好吃的拆了封。一时间,空气中充满了糖果的甜腻味道。

林佑继续在桌子里掏书,结果书没有掏出来,却掉出了一张卡片,字迹龙飞凤舞。

他一开始还以为又是哪个人送的,刚要不耐烦地扔出去,却发现那张卡片上的字迹有点儿眼熟,特像陆清岩的字迹。

他要扔出去的手又顿住了。

林佑转过头看了陆清岩一眼,嘴角情不自禁地弯起来。

陆清岩假装不知道这边发生了什么,神色淡定地看回来。

随着卡片一起掉出来的,还有一个方形的丝绒小盒子。林佑刚刚没接住,掉到了地上。

他弯下腰,重新把这个丝绒小盒子从地上捡了起来,拇指轻轻一推,就把这盒子打开了。

那盒子里装的是一条项链,中间缀着一个黑色的镶金玛瑙贝壳,款式简约。

但是林佑一眼就看出来了,这和他元旦送给陆清岩的那条手绳是一个系列的。他忍不住笑了一声。

眼看着就要上课了,林佑迅速把项链拿出来扣好戴上,端详了一下,觉得很满意。

林佑调整了一下脖子上的项链。他皮肤白,戴这种黑金配色的项链尤其好看。

这时，英语老师走进了教室，宣布该上课了。他拿着笔，在书上圈了几个重点。

过了一会儿，白鹭一边嚼着草莓味的糖，一边拉了拉林佑的袖子。

林佑只得把手从耳朵上放了下来，说："干吗？你最好是有正事。"

白鹭稍微凑近了一点，问："你准备送陆哥什么？你不会忘了吧？"

林佑嘚瑟地笑了一下，说："你才忘了。"

白鹭好奇起来："那是什么？"

"不告诉你。"

这天傍晚，上完最后一节课，林佑就拉着陆清岩火速出了教室。

"我晚上不来上晚自习了，我们回宿舍写作业吧。"林佑吃晚饭的时候，对陆清岩说。

陆清岩却没说话，林佑没得到回应也不在意。他吃完一整份牛肉锅贴，觉得味道不错，又去点了一份虾肉蒸饺，吃得肚皮溜圆，站起来的时候都有点儿打嗝。

"你要不要看看我给你准备的礼物？"快到宿舍楼下的时候，林佑站住了脚，有点儿不好意思地问陆清岩。

陆清岩没有拒绝："要。"

"那你等我一会儿。"

林佑一溜烟蹿上了楼。

等林佑下来的时候，陆清岩想了一下林佑会送他什么，无非就是游戏、相机、手表之类的。

但是这一切的构想，都在他看见林佑跑下楼的时候被打破了。

陆清岩充满疑惑地看着林佑扛了一个巨大的，被牛皮纸包得严严实实的，扁扁方方的东西下来，然后开心地塞到自己的手里。

在林佑期待的视线下，陆清岩把牛皮纸撕开了，然后看见了自己的肖像画。

陆清岩：“……"

陆清岩不知道该用什么表情面对这份礼物。

老实说，林佑送的这幅肖像画很漂亮，是油画。

画上是绿意葱茏的夏天，一扇半开的窗户，而陆清岩就靠在窗边，抱着吉他。

每一笔都很精细，窗外的风景，阳台上红色的月季，还有窗前眉眼英俊的年轻男生，都栩栩如生，好似时光就凝结在了那一刻，附在了画中。

陆清岩一眼就认出来这是林佑画的。

其他人可能不知道，但他知道林佑从小画画就很厉害。

林佑外公就是画家，林佑继承了他外公的绘画天赋，他小时候也对画画有着浓烈的兴趣，只是初三过后学业比较忙，林佑慢慢就不画了。

没想到他如今再捡起画笔，竟一点不生疏。

但陆清岩委婉地跟林佑提了个意见："这幅画我拿回去挂在床头，大家肯定觉得我很自恋。"

林佑扑哧一声笑了："要求真多，给你画就不错了。知道我画了多久吗？两个月！"

他毕竟还要上学，只能趁着双休回家才有空画几笔。

"这本来也是给你的生日礼物。"林佑跟陆清岩说，"拖拖拉拉画了这么久，正好赶上元宵节，送你了。"

陆清岩嘴角的笑意更深了："画得很漂亮，我很喜欢。"

林佑十分得意："感谢的话用嘴说就行了。"

第二天课间的时候，蔡小锅走进教室，给所有学生都发了一张"志愿意向搜集表"，让大家把自己高三毕业后想去的大学填上。

"这是让你们更清楚地意识到，你们离高考越来越近了，你们的学长学姐，马上就要上战场了。"

蔡小锅站在讲台上，环顾着班上这一张张年轻得还有些生涩的脸，诚挚地说："都认真地写好自己的目标院校，在接下来的一年多里，向着它努力。你们不用马上交给我，下星期一再交，但是我希望你们不是随便填了个名字给我，是真的有了奋斗目标。"

蔡小锅说得很认真，这班学生并不是他带的第一届了，但却是他即将带的第一届高三。他真心诚意地希望每一个学生，不会辜负自己的高中生涯,去到自己想去的地方。

教室里的学生们不再嘻嘻哈哈,交头接耳询问对方都准备填哪里。

林佑跟陆清岩相视一眼,没有马上在纸上写下答案。

倒是他们前面的白鹭,毫不犹豫地写下了自己心仪的大学。

陆清岩又说了一遍:"你可以去你想去的任何地方。"

林佑笑了一下,换了一支红色的笔,郑重地写下自己心仪的学校,说:"我想去的地方在这里。"

Chapter 13
都是画夹惹的祸

不是每个人都有幸能看见自己穿奇装异服的样子，但是陆清岩可以。

一星期后，林佑在上交了自己的"志愿意向表"的同时，也递交了转艺术方向的申请表格。

晋南高中的高二下学期，总会收到十来份转班的申请。但是当教务处看见林佑的名字的时候，负责处理的老师默默地皱起了眉头，拿出了上次考试成绩的全年级排名表格，第三名赫然就是林佑。

"蔡老师，你们班这个林佑真的要转去艺术班吗？"教务处的老师问蔡小锅，"这个成绩，未免可惜了吧。"

蔡小锅也很头疼，林佑的这个成绩完全能上国内排名前五的大学。

学校一般是不会干涉学生意志的，可是刚刚校领导都特地打电话来，让他问问林佑是不是碰到了什么困难，放着这么好的成绩干吗突然转艺术，这不是开玩笑吗？要转也应该高一就转吧。

蔡小锅叹了一口气："我现在开始怀疑，我上辈子一定是欠了这帮兔崽子很多钱，这辈子才不幸来当他们的老师。"

但他并没有对这张申请表置之不理。

这天下午，林佑没被他喊进办公室，反而是陆清岩被他找来了。

"你先坐着，我就是找你问点事情。"蔡小锅倒了两杯茶，说。

陆清岩像是知道他要问什么，接过茶以后礼貌地跟蔡小锅说了一声"谢谢"。

蔡小锅也不跟他废话："我找你过来是想问问林佑为什么想转艺术。他是真的喜欢艺术，想走这条路，还是……"

蔡小锅思索了一下，放弃了婉转，直接问："还是受了什么刺激？我怕直接问他，这小子不会说实话，所以先问问你。"

陆清岩有点儿想笑，谁还能给林佑刺激受。

不过也不怪蔡小锅这么想，任谁知道这个消息都会吃惊，也就是陆清岩跟林佑认识这么多年，十分了解林佑的想法，所以林佑做出什么选择他都不会觉得奇怪。

林佑本来就是这样，看似随性，但是很有主意，下决定比谁都快，决定了就不反悔。

"学校是强烈反对他转艺术的，好好的一个能竞争全市前几名的苗子，想也知道学校有多不乐意吧。"蔡小锅叹了一口气，"我就不说这个了。但是我们学校艺术班历年的成绩都很不错，很多学生都是从小学钢琴画画的。林佑文化分是远远够了，但是艺术这块，他跟得上吗？"

陆清岩闻言把茶杯放在了桌上，笑了一下："林佑不是心血来潮，是认真考虑过的。但他这人就是这样，想到了什么就一定要去做，不然会一直跟自己过不去。艺术分我倒是觉得不需要担心。他外婆是钢琴家，外公是画家。林佑从小就跟外公学画画的，画得很好。"

陆清岩停顿了一会儿，又说："林佑一直画得很好，他初三本来是要去外地的艺术学校上学的，但是因为想和我一起上同一所高中，放弃了。"

这是他最近才想起来的。

当初林佑只是随口跟他一提，看上去毫不在意，他也就没多放在心上，如今回想起来，林佑分明已经因为他，放弃过一次机会了。

蔡小锅慢悠悠地喝了一口茶，其实比起学校领导满心不乐意，他倒是还好。

他向来觉得每个人都要对自己的人生负责，所以他并不是真的想阻止林佑。

"行吧，你们和家长都不反对，我一个老师也不多嘴了，学校那边我会沟通。"蔡小锅也没多问，说，"你让林佑待会儿也来办公室一下。"

陆清岩说"好"。

但他离开办公室前，又听见蔡小锅嘀咕了一句："学校还想让我做好林佑的工作。但我就算让林佑强行改志愿，他难道会听我的吗？"

陆清岩眼中带了点笑意，淡淡地说："林佑说了，你们如果不同意,他就带个高音喇叭整天闹,看你们是选择上社会新闻还是让他转方向。"

"这兔崽子。"蔡小锅的脸都绿了,又骂了一声。

林佑要转去艺术班这事儿,下午叶楠山他们就知道了。

他们一个个面面相觑,除了震惊之外还有点儿伤心。

他们这群人高一就是同班同学了,后来文理分科,还在一个班,缘分很深,不然也不会关系这么好。

如今,林佑居然一声不吭要转去其他班,几个人一时间都有点儿消沉。

邵桉嘀咕道:"林佑这家伙也太没义气了吧?转班这么大事也不告诉我们。"

白鹭在下面踹他一脚:"又不是转学,有什么好说的。"

但她也没多开心。

可是一直到晚上,林佑都没动静,也没说哪天就搬东西走。

叶楠山没忍住,敲了敲林佑的桌子,说:"林哥,你不准备跟我们说下,你哪天要搬东西转班吗?你是不是心里只有陆清岩,不拿我们当回事儿。"

林佑一脸茫然地抬起了头:"什么搬东西转班?"

周围几个人全转了过来,奇怪地看着他:"你不是要转去学艺术了吗?我记得艺术班只有(十九)班和(二十)班,你不要搬东西过去吗?"

林佑这才明白过来,随即笑了起来。他往椅背上一靠:"看样子，你们都挺舍不得我。我说你们下午一个个怎么那么哀怨地看着我呢。是不是现在感觉到了我的好？"

"就你最没良心。"白鹭骂他，"这种事都不跟我们说。"

林佑笑着往白鹭怀里扔了一颗糖："别生气，我没说要走。我跟蔡小锅商量过了，文化课还在班里上，艺术训练去（十九）班上，暑假会参加他们的艺术集训。我与你们同在。"

"那你不换班？"侯子成问他。

"不换。"林佑回答得理所当然，"我永远是（一）班的一分子。"

听了这话，周围几个人全拿手边的东西砸他。

"你这个欺骗我感情的骗子。"

"我们的兄弟之情就断在今天了。"

连陆清岩也没被放过，一起挨了骂。

"陆哥你也是，你知道都不告诉我们。你们今天就要被我们驱逐出境。"

林佑也不恼，笑眯眯地趴在陆清岩桌上，抓了一把桌子上的糖当贿赂品，扔到他们怀里，劝说："行了，大冷天的火气别这么大。明天请你们吃炸鸡。"

几个人"呸呸呸"了几下，表示对他的愤慨，但对于炸鸡还是笑纳了。

"要大份的。"

"我要蜂蜜芥末的。"

林佑撇了撇嘴："知道了，大爷们。"

知道林佑不走了以后，这个角落之前略微凝重的氛围一扫而空，该吃糖的吃糖，该做作业的做作业。

林佑趴在桌上，思考着该添加哪些画具。

陆清岩在他旁边写这天的英语作业，下笔飞快。

窗外的路灯闪了几下，又恢复了正常，洒下一圈温柔明亮的灯光，飞蛾扑在灯泡上，发出噗噗的沉闷声响。

这又是一个寻常的冬夜，离他们升入高三还有将近半年。

林佑虽然没有换班，但一天有一半的时间，林佑都要去参加艺术训练，所以他的桌子上总是空荡荡的。

陆清岩转过头去，看到的不再是林佑的侧脸，而是窗外的梧桐叶，翠绿色，茂密繁多，把阳光都挡在了外面。

过了快两个月，陆清岩还没有适应这样的生活。有时候还上着课，他会突然下意识地往旁边伸手，说一句："林佑，把笔给我。"

但是都落了个空，他只抓到了一团空气。

陆清岩收回手，往林佑的空桌子上看了几眼。

他从桌子里掏出一盒巧克力。

跟外头卖的那些做工精美的巧克力不一样，这些巧克力有点儿奇形怪状，做巧克力的人似乎笨手笨脚的，把巧克力的形状弄得歪歪扭扭。

陆清岩拿了一颗巧克力放进嘴里，被甜得皱了一下眉头。

这巧克力是林佑亲手做的。

前几天，林佑扔了一盒巧克力给陆清岩，一脸别扭地跟他说："昨天晚上蛋糕店正好搞活动，手工巧克力打折，我就给你做了一盒。"

林佑说完这句话就抿着嘴，视线飘到了窗外的路灯上，不看陆清岩，又别扭又酷。

陆清岩捧着巧克力，面上还算镇定。

当他默默地含着那颗齁甜的，据说是黑巧克力的东西时，觉得林佑在料理上实在是没有天赋，连这种最简单的东西都能搞砸。

吃了一颗就齁得整个人都清醒了，比咖啡还提神醒脑。

旁边的叶楠山看见了，想问陆清岩要一颗。

毕竟是林佑亲手做的巧克力，这可真是稀世罕有，味道再诡异也应该尝尝。

结果一向大方的陆清岩把巧克力往桌肚子里一塞，小气说道："没有。"

叶楠山气得向他翻白眼。

晚上下课的时候，林佑的训练拖了堂，陆清岩去他教室外面等他。

透过教室的玻璃窗，陆清岩能看见林佑认真地在面前的画板上画画。

现在快到夏天了，林佑把校服的开衫外套扔在了一边，露出了里面的白色衬衫，深红色条纹领带，还有灰色长裤，显得清爽利落。

林佑大概嫌弃领带碍事，把领带甩在了肩膀上，乱糟糟地挂着，也就是仗着脸好看，这样也显得随性帅气。

过了二十分钟，林佑才画完今天的作业，跟这些新认识的同学们一起走出来。

他到哪里都是人缘好的那个，才加入这个班级两个月，已经跟所有人都混熟了，大家都笑着跟他说"再见"。

林佑也冲他们挥了挥手，然后跑到陆清岩身边。

他不知道自己的脸上沾了一小块蓝色的水彩，在他雪白的皮肤上像贴纸一样。

陆清岩笑话他变成了小花猫，让他擦干净后，两个人往楼梯口走。

"晚上准备吃什么？"陆清岩问他。

林佑想了想："章鱼小丸子吧，还想吃个煎饼。刚刚上课我饿得不行，满脑子都是吃的。"

两个人就去吃了章鱼小丸子和煎饼。

学校的后街上，到处都是饭店和小吃摊子，随便走两三步就能遇见同学。

现在也不像冬天那么冷了，大家三三两两地站在街头，一边吃一边聊天。

林佑嘴上沾到了一点褐色的酱，还眉飞色舞地跟陆清岩说这天发生的事情。

他们这个班大半都是女生，今天不知从哪里飞来一只飞蛾，特别大、灰扑扑的，在教室里乱飞乱窜，把一堆女孩子吓得花容失色，尖叫声此起彼伏。

"这也就算了，结果我回头一看，墙边那两个男的也吓得往桌子后头躲。"林佑一脸痛心疾首，"最后还是我爬桌子上把那蛾子逮下来的。不是我说，他们这心理素质也太差了。"

"对了，蔡小锅有跟你们说暑假补课的事情吗？"林佑又问。

"说了，高二暑假只放两个礼拜，还是分开放的，七月放一星期，八月再放一星期，真是充满创意。"

陆清岩低头看林佑，问："你呢？也补课吗？"

林佑正想跟他说这个。

他三两口把最后一点煎饼吃完，咽了下去，才慢条斯理地说："我们的集训也临时变更了，你知道的吧？艺术班暑假要出去集训。"

他们艺术集训不是在本校，而是去郊区的一个培训基地进行封闭式训练。

那地方山清水秀，但人烟稀少，走半天都看不见一个人影，连信号都时好时坏。

陆清岩感觉哪里不太对。

他记得去年的高二艺术班只集训了一个月，剩下的一个月是在学校补文化课的。

他问："怎么变更了？"

林佑眼神飘忽地看向远方，声音越来越小："我们今年集训两个月，只放十天，所以就不掺和你们的补课了。"

陆清岩面无表情地把手里的纸盒捏扁了。

林佑心虚地把头转向一边。

前几天他还信誓旦旦跟陆清岩保证，艺术集训顶多就一个月，谁知道今天就计划有变呢？

"几号出发？"陆清岩问。

林佑的声音小得像蚊子哼哼："七月五号。"

也就是考完期末考试就得出发了。

陆清岩看似心平气和地说："现在反对你学艺术还来得及吗？不如你再考虑考虑，理工科也挺好。"

林佑飞速摇头，嘿嘿笑了一下："我们中间会放假的，一放假我就回来。"

陆清岩跟林佑一起往学校门口走，等进了教学楼，他们一个往楼上走，一个往一楼走，一个回教室晚自习，一个去教室接着画画。

但是走出去没几步，他们又都不约而同地停住脚步，转身朝对方看了一眼。

林佑穿着白色的衬衫和灰色的毛线开衫，站在灯光晦暗的楼梯上，像极了漫画里走出来的美少年。

他一笑起来，嘴角就露出一个小酒窝，在昏暗的灯光离若隐若现。

林佑对着陆清岩挥了挥手，说："晚上等我一起回宿舍。"

然后跑上了楼。

陆清岩在原地站了好一会儿，无奈地笑了一下，往（一）班走去。

林佑说是让陆清岩等他一起回宿舍，但是等下了晚自习，他又想去吃夜宵。

陆清岩有时候真怀疑他的胃连接的是个异次元空间，永远没有填满的时候。

但是这天的烧烤摊老板显然发挥失常了，辣椒粉撒得十分狂野。

林佑就要了十来根烤串，每一串都辣得他灵魂颤抖。勉强把肉都吃完后，他已经被辣得嘴唇和鼻尖都红了，眼睛水汪汪的，看上去分外可怜。

他把手里的画夹往陆清岩手里一塞，说："我不行了，我得再去隔壁买个冰柠檬茶。"

然后就像个滑不溜秋的泥鳅一样钻进了人群。

陆清岩站在路灯底下等林佑。他看了看林佑塞给他的画夹，纯黑的不透明封面，看不出里面装的是什么，想来不过是林佑画的素描静物之类的。

陆清岩对于别人的隐私没什么兴趣，只是扫了两眼外壳，翻都没翻。

但陆清岩站在那儿没几秒，两个女生一边说笑一边从他身边路过，其中一个不小心撞了他一下。他手里的画夹没拿稳，掉在地上，里面的画纸撒了一地。

"啊,不好意思。"两个女生连忙跟他道歉。

陆清岩摆了一下手:"没事。"

他还没来得及弯下腰,那两个女生已经蹲下去帮他去捡一地的画纸。

昏黄的路灯下能见度不高,但还是足以照清楚画纸上的内容。

那两个女生捡了几张,然后呆住了,两个人一起抬头看着陆清岩,眼睛眨巴了几下,又互看了一眼。

陆清岩被她们看得莫名其妙。

两个女生加快了捡东西的速度,也顾不上整不整齐,确认没有遗漏就赶紧往陆清岩手里一塞,连说了好几句"对不起",然后就跑路了。

陆清岩不禁有点儿茫然,自己长得很吓人吗?这两个女生为什么要逃跑?

他低下头,准备把林佑的画都装回画夹里,但是等他看清楚画上的内容的时候,整个人僵住了。

这世界上不是每个人都有幸能看见自己穿奇装异服的样子,但是陆清岩可以。

只见林佑那一叠雪白的画纸上,除了几张素描静物图,还有一些闲暇时随手一画的作品,是关于陆清岩的。

第一张赫然就是穿着兔耳朵玩偶装,怀里还抱着花瓶的陆清岩……

陆清岩面无表情地翻了翻,很好,一共有十张拿他搞怪的图，种类丰富。只有他想不到的，没有林佑画不出来的。

有生以来头一次，陆清岩产生了把林佑摁在凳子上揍一顿的冲动。

他现在相当能理解刚刚那两个女生看他的眼神了。他已经不敢想自己在别人心中到底是个什么形象了。

奶茶店外的队伍不比烧烤店外的短，林佑排了十分钟才靠近了收银台。

队伍排到一半的时候，他突然想起来塞到陆清岩手中的那个画夹里藏了些不能让陆清岩看见的东西，心脏不由得狠狠地跳了几下。

但林佑很快又淡定了，陆清岩从来不会翻他东西，买个柠檬茶也就十来分钟，应该不会怎样。

可惜人算不如天算。

林佑咬着柠檬茶的吸管，高高兴兴跑向陆清岩身边。当他们的距离还有两三米，他不由得停住了脚步。

只见路灯底下，陆清岩靠在灯杆上，面无表情地翻着林佑的画夹。

大概是察觉到林佑回来了，他抬起了头。

林佑不是很想形容陆清岩的眼神，非要说的话，也只有四个字——你死定了。

他把柠檬茶扔进了旁边的垃圾桶，撒腿就跑。

但是陆清岩显然比他跑得更快。

243

被追上的那一刻，林佑绝望地回忆起，陆清岩曾连续拿了两年田径比赛的金奖。

林佑被陆清岩抓进了旁边的死胡同里。

学校周围有的是这种黑不溜秋的小巷子，不会通往任何地方，尽头只能看见一片被垒起来的墙。

这个时候，吃了夜宵的学生已经陆陆续续地回去了，巷子口还能看见暖黄色的光，巷子里面却是一片昏暗。

陆清岩就站在林佑的面前，阻止了他逃跑的可能。

那个惹事的画夹掉在了地上，林佑难得认怂了。做人还是要能屈能伸的，留得青山在，不怕没柴烧。

他小心翼翼地试探道："陆哥，我们有话好好说，动粗不太合适。"

陆清岩笑了一声，吓得林佑缩了缩。

陆清岩反过来叫他哥："林哥，看不出你胆子还挺肥。"

好了，老陆这是铁了心要跟他算账了。

林佑绝望地闭了下眼，立马认错："哥，我错了，我下次再也不画了。"

陆清岩盘问他："还有多少这种画？"

林佑哪里敢说宿舍里还有，迅速摇头，满脸真诚："没有了，真的没有了，全在这里了。"

陆清岩嗤笑了一声，根本不信这个小骗子。他打量了林佑几眼，说："你确实错了，上课不好好学，搞这些东西，不罚说不过去。"

林佑："……"

可恶，蒙混过关不好用了。

在操场跑了整整十圈，回去的路上，林佑都像个小鹌鹑一样老实，连晚安都没有和陆清岩说，便脚底抹油一样窜进了房间。

Chapter 14
检讨书

"检讨会写吗？先写个八百字。"

暑假来得比大家想得要快，高中的时间似乎是被按了加速键，两个月一眨眼就过去了。

学生们换下了春季校服，穿上了夏季校服，深红色的领带也变成了清爽的蓝色。

学校里的梧桐越来越青葱茂盛，池塘里的莲花刚刚露出了水面，期末考试就到了。

陆清岩和林佑，一个考了年级第一，一个考了年级第四，发挥稳定，谁都没失常。

蔡小锅看着他们，既欣慰又头疼。

欣慰的是他们的成绩都不错，头疼的是两个人的作业又只写了一半，分分钟挑战他身为人民教师的底线。

不过，期末考试的成绩出来没几天，林佑就被拎上了去往培训基地的大巴。

陆清岩被蔡小锅盯着，坐在教室里和大家接受补课，不能来送林佑。

林佑抻着脖子往校门口看了看,最后只能叹着气,拎着行李箱坐上了车。

现在正是中午,阳光滚烫,即使拉上了大巴车的窗帘,脸上也有种灼热感,林佑索性闭目养神。

到了集训基地,他发现这里虽然偏僻,但要比他想得好上不少。

宿舍还是两人一间,画室在宿舍的前头,中间隔着一个小小的人工湖泊和走廊。

画室里的信号确实和传说中的一样差,但是宿舍里的无线网络却还不错。

林佑的室友叫徐明鸣,是个圆脸的小男生,长得白白净净的,眼睛圆圆,看着很可爱。

林佑一开始还有点儿不自在,后来发现这个徐明鸣比他更不自在。

他不由得乐了,问徐明鸣:"你为什么总不敢看我?"

他和徐明鸣虽然算是一个班的,平时艺术训练都在一起,但是没怎么说过话。

林佑还以为是自己以前凶名在外,把徐明鸣给吓着了,以为他不好相处。

他琢磨着要不要说点什么,缓和一下紧张的宿舍气氛。

徐明鸣却被他问得神色一僵,幽幽地回道:"你是不是不记得了?我帮我妹妹给你送过小蛋糕,结果你以为是外卖。拿了就走,后来你知道不是,说已经吃了不好意思,又塞给我一袋水果。"

林佑不由得面露尴尬。

他万万没想到，他跟徐明鸣之间还有这么一段过往。

徐明鸣叹了一口气，也是服了林佑这缺根筋的样子了。好家伙，林佑不仅不记得他妹妹了，连他这个帮送蛋糕的当事人都给忘了。

既然说开了，两个人也就没什么芥蒂，友好地开始分吃一包零食。

很快，徐明鸣就和林佑打成一片，两人还算聊得来，不一会儿就开始互相分享八卦消息了。

在培训基地的第一个礼拜，林佑觉得自己还挺适应，每天画画都来不及，下了课就是洗漱睡觉，哪有时间想别的。

陆清岩给他打电话的时候，要是遇上他在画室里练习，没两分钟他就开始赶人，义正词严地教育陆清岩："你怎么回事？学不学习了？就知道给我打电话。再这样，我要跟蔡小锅告状了。你不学习没关系，但我还要画画。"

陆清岩："……"

林佑铁了心要好好练习，陆清岩也没办法，只能跟着一起学习，十分专注。

他跟所有的准高三生一样在教室里刷卷子，并且在一周后的摸底考试里，把第二名甩开了十来分。

第二名的那个女生都快气哭了。

蔡小锅倒是十分高兴,觉得林佑不在也不是没好处。

但是一个礼拜之后,林佑就梦见了陆清岩带他去天台上烤肉。

他忍不了了,当天晚上跟陆清岩打了一个视频电话。

他没进宿舍,靠坐在楼道里,窗户开着,能看见外头的漫天星光。

夏日的夜风里夹着一点荷花的清香,听不见一点喧嚣,只有嘈嘈切切的虫鸣。

陆清岩没嘲笑林佑,躺在宿舍的床上,听着林佑叽叽喳喳说这阵子的生活。

从教课的老师普通话不好,说到门口的小饭馆炒饭难吃,事无巨细,琐碎寻常,连芝麻绿豆大的事情都要说一下。可陆清岩一点都没有不耐烦。

林佑穿着一件牛油果绿的 T 恤,酒窝随着说话时隐时现。他叽里咕噜说了一堆话,有点儿口干舌燥了。

等徐明鸣回宿舍的时候,林佑还坐在楼道里,长吁短叹的,一只手还捂着心口。

徐明鸣手上抱着一堆零食,奇怪地问林佑:"你怎么不回宿舍?捂着心口干吗?不舒服吗?"

林佑有气无力地抬头,哼哼唧唧地说:"我心脏疼。"

徐明鸣吓了一跳,问:"疼很久了吗?你要不要去医院,你等等我打电话给老师……"

他的话还没说完，林佑沉痛地冲他摆了摆手，说："没事。"

"这破地方不是虫子多吗？我之前跟老陆说了一声，他特地去老医馆买了药膏，擦了特别有用。"林佑一边听着手机里的声音，一边从口袋里摸了一个膏药给徐明鸣，解释道，"他给我寄了几罐，分你一个。"

徐明鸣盯着手里的小药膏，内心很是服气。

他看了看林佑那白皙清瘦的胳膊，那上面不过有两个小小的红色疙瘩而已。这是什么神仙哥哥，林佑哼一声都能迅速找出应对方法。

徐明鸣张了张嘴，一瞬间真诚地想问问林佑，这种哥哥还有地方批发吗？他也想去领一个。

林佑却看了他一眼，奇怪地道："你还站着干吗？退安吧，别影响我打电话。"

徐明鸣的嘴又闭上了，拿着零食，冷漠地从林佑身边路过，并关上了宿舍大门。

好在集训的日子过得也挺快，人一旦忙碌起来，时间就如同流水一样往前奔涌。

八月二十三日，暑期集训正式结束，高二全体学生都搬入了高三的教学楼。

林佑重新拎着行李箱坐上了大巴车，回到了学校。

这回陆清岩在学校门口等他。

林佑参加了一个暑假的集训，现在总算有七天的假期了。

其他人几乎都走光了,陆清岩站在学校的后门口,等着接林佑一起回家。

陆清岩第一次见到了林佑的室友,确实像林佑说的那样,是个脸圆圆的男孩子。

他淡淡地打了个招呼,却发现对方看他的视线有点儿微妙的苦大仇深,那男孩从嗓子里憋出一句:"你好。"

但陆清岩也没在意。

林佑似乎瘦了一点,倒是没怎么晒黑,太阳底下依旧白得能反光,一笑露出两个小虎牙。

大巴车里的人都走得差不多了,没有老师在场,只剩下几个学生。

徐明鸣独自拎着行李箱,本来已经走出去几步了,但是又回过头准备跟林佑说几句话。

他叫了几声林佑,林佑也没有搭理他,他的脸顿时皱了起来,咬牙切齿地说:"岂有此理……"

在他说话的同时,他身边也响起了另一道咬牙切齿的声音:"这两个兔崽子……"

徐明鸣刚想说谁这么懂得自己的心声,扭过头正打算交流一下,却发现站在自己旁边的是个三十出头的男人。

穿着普通随意的格子衬衫,戴着眼镜,正面色不善地盯着林佑和陆清岩。

徐明鸣咬住了嘴唇,瞪大了眼睛。

如果他没认错,这好像是林佑他们班的班主任,花名叫啥来着，蔡小锅？

"老师好……"徐明鸣从嗓子眼里哼了一声，也顾不上和林佑说话了，拎着行李箱快速离开。

三十分钟后，林佑跟陆清岩齐刷刷地坐在蔡小锅的办公室里，一人一条凳子，分别坐在桌子的两端写检讨。

林佑和陆清岩都能算是办公室的常客了，这两个人学习成绩虽然不错，但是逃课打架上课睡觉一桩没少干，蔡小锅隔三岔五就要把他们拎过来进行思想教育。

但蔡小锅也没有想到，林佑和陆清岩一起踏进办公室写检讨，居然是因为陆清岩逃了自习接林佑。

蔡小锅愤怒地拍桌，逃自习就算了，居然还让他发现。

林佑坐在对面，头一次在挨训的时候一脸乖巧，一双眼睛又黑又亮，像无辜的小动物，眨巴眨巴地看着蔡小锅。

他这张脸确实能迷惑人，即使是深知他本性的蔡小锅，也偶尔会被迷惑，觉得这孩子还挺乖巧。

再看看旁边的陆清岩，肩宽腿长的英俊男生，已经有了成年人的轮廓，眉眼锋利，表情沉稳，显然没拿这当大事，一副游刃有余的样子。

蔡小锅叹了一口气，觉得自己上辈子没准欠了这个班很多钱，这辈子才来当他们的班主任。

蔡小锅头疼地说道："你们兄弟情深我是知道的，但至于吗？林佑是不记得我们班在哪一楼了是吗？还要你去接？陆清岩,我原来觉得你挺稳重的,怎么碰上林佑就智力下降了?知不知道什么叫以学业为重。"

林佑跟陆清岩老老实实听训。

显然林佑是不服气的,嘀咕道:"我们又没影响学习。老陆可聪明了,上次还不是年级第一?"

说他就算了,怎么能说陆清岩呢?陆清岩向来分得清轻重缓急的。

蔡小锅面对他们也是挺没办法的。

他倒真不是因为他们成绩好就偏袒这两个兔崽子,而是他带了林佑跟陆清岩两年,也多少知道这两人的脾性。

林佑先不说了,上蹿下跳跟个小毛猴似的。

陆清岩过于沉稳,心里主意比谁都多,还能耐得住性子,下得了功夫。

林佑说的也是实话,所以蔡小锅也不打算追究下去。不过他们既然违反规矩了,那还是要公事公办。

蔡小锅从桌子里掏出两张纸,塞到林佑跟陆清岩的手里,敲了敲桌子说:"别靠这么近,给我分开坐。检讨会写吗?先写个八百字。"

林佑跟陆清岩互看一眼,听话地分开坐了,不准备在这个火山口上跟蔡小锅作对。

蔡小锅继续道:"你们都得给我保证,考试不会掉出年级前五,但凡掉出去了,就等着我给你们家长打电话吧。"

"哦。"

林佑老实了，乖乖巧巧地趴在桌子上开始写检讨。

蔡小锅看了他两眼，觉得他难得这么乖巧还有点儿可爱，心肠不由得软了一点，说："算了，你现在一天有半天都要练习美术，考入年级前二十就行。"

林佑忍不住偷偷笑了笑，一边写检讨一边跟蔡小锅开玩笑，说："小锅，我现在特别高兴我没转班，有你当老师真是我积了八辈子德。"

蔡小锅并没有被他这番花言巧语感动到，端起保温杯喝了一口茶，冷冷地道："但是遇上你们这帮学生，却是我倒了八辈子霉。"

蔡小锅看了会儿他们写检讨，觉得没意思，就出去跟人打电话了。

前脚他刚走，后脚林佑就端着小凳子坐到了陆清岩旁边，伸头去看陆清岩的检讨。

陆清岩非常擅长通过调整字体大小，来制造字多的错觉。

他的字本来就苍劲有力，稍微调大一点，就感觉写满了整张纸。

林佑的字体要瘦一点，虽然也好看，但是一到凑字数的时候就非常吃亏。

陆清岩没两分钟就写完了最后一个字，林佑才写了一半。

他往外头飞快地看了一眼，见蔡小锅没有注意到这边，就把飞速地自己的检讨和陆清岩的对换了，眼巴巴地等着陆清岩帮他写。

林佑理直气壮:"我编不出来了,我的语文本来就是最差的一门。"

林佑的检讨还剩下两三百字,陆清岩很快就帮他写完了。

林佑靠在陆清岩身上,从兜里掏出一个橘子。陆清岩写检讨时,他就在旁边剥橘子,分了一半给陆清岩。

陆清岩下笔很快,心里却想,这么多年都是他伺候林佑,这次可是开天辟地头一回,林佑居然会反哺了,孩子可真是长大了懂事了。

虽说是有代价的,但也够值得纪念了。

等蔡小锅打完电话回来,两份检讨已经恭恭敬敬地摆在了他的桌子上,一眼扫过去,堪称感情真切,字体潇洒,字数还多。

但他一眼就看出了猫腻,皮笑肉不笑地问林佑:"有人帮写检讨了不起?"

林佑躲在陆清岩身后,一副"我听不懂你在说什么"的无辜表情。

蔡小锅也懒得为难他们了,看着这两张脸都觉得头疼。他把这两份检讨塞进了桌子里,对着这两个人挥了挥手,说:"快走吧,九月一号前都不用回来了。"

林佑立马拉着陆清岩拔腿就跑,走到门口大声说:"蔡老师再见,暑假虽然没几天了,但也暑假快乐!"

陆清岩也平静地说了一句:"老师,开学见。"

本名蔡国的人民教师,摸了摸自己的头发,觉得再这么教下去,自己早晚得英年早秃。

Chapter 15
年年岁岁如今日

很多年后，无论他们中的谁回忆起这一天，
都觉得这个因大雨停留的下午，平淡无奇，却格外美好。

晋南高中放的这七天，说是暑假，其实跟国庆假期差不多。

被关在学校一口气补了这么久的课，外头又是这样的骄阳，走出去一条街就浑身冒汗，谁也不是很想动弹。

林佑回来以后跟好几个人用手机视频对话，发现没有一个同学出去旅游，全缩在家里吹空调。

他跟陆清岩也没出去。

他爸妈不在家，哥哥姐姐也各有事情，偌大的一个林家别墅，只剩下他，于是他喊了陆清岩过来。

炎热的午后，窗外的蝉鸣声一声盖过一声，窗沿被晒得滚烫。燥热的阳光底下，花园里的花都有点儿蔫蔫的。

陆清岩玩着游戏，林佑躺在沙发上，手里举着一个奶油味的冰棍，吃得嘴唇上满是奶油。等他心满意足地把冰棍上最后一口奶油吃掉，漫画也看到了最后一页，男主角顺利干掉了魔王，登上了王座。

不一会儿，他们搁在茶几上的手机都响了起来，一边振动一边放歌。

陆清岩把两个手机都拿了过来，发现是他们班的那个小群，发起了群内多人通话。

陆清岩把林佑的通话邀请关了，点开了自己的接听键。

"喂，陆哥。"先说话的是侯子成，"哎，林哥咋挂了？"

"他在我这儿。"陆清岩淡淡地说。

"也是……你们住得近。"

白鹭也加入了通话："喂，打电话给我干吗？"

叶楠山咳嗽了一下，说："是这样的，这不是离开学还有两天嘛，马上就高三了。高三是什么？神圣不可侵犯的一年，直接决定了我们未来的走向，决定我们是去北边挖土还是去南边盖墙……"

林佑不耐烦听他说废话，催促道："给我说重点。"

"你到底准备干吗？废话少说。"白鹭也催他。

叶楠山也不长篇大论了，老实交代："我就是看还有最后两天了，要不我们一起去放松一下吧。不如就去我们市的那个金域寺，听说风景好，还能讨个吉利，马上要高三了，再一眨眼就要毕业了。"

他说到最后又开起了玩笑："我紧张，我要去和神明沟通沟通。"

侯子成吐槽他："拉倒吧，我要是神明第一个把你刷下去。"

"就是，这么多年的科学知识白学了。"

叶楠山不服："干吗？我就要去和神明沟通沟通，没准神明看我英俊，决定保佑我直升重点。"

另外几个人一起呸他,纷纷说他可真不要脸。

但是闹归闹,大家最终却还准备一起去。

暑假的最后两天,也是该有点儿集体活动。这也是他们毕业前最后一个暑假了。

挂完电话,林佑还有点儿惆怅:"过两天,我们可就是高三(一)班了。"

第二天上午,大家一起约了一辆商务车,一起去了城外的金域寺。

金域寺在山上。现在还是早晨,山上还有丝丝凉意,树木葱茏,绿荫成片,一路往上走还能听见溪水潺潺,有种大自然的古朴和雅静的感觉。

他们走进寺庙后不闹腾了,一边走一边看,寻思着这环境是真的不错,适合修身养性。

等买了票进去,叶楠山虔诚地去求神明保佑了,闭着眼睛喃喃自语,看上去真的很想沟通一下。林佑看着直乐。

林佑跟陆清岩没什么要达成的心愿,成绩也没什么需要操心的。不过,林佑还是许下了愿望:愿他所有爱着的人,都一生平安喜乐。

他们上完香,其他几个人还跑去求了个签,等着解签。

林佑跟陆清岩四处逛逛,逛着逛着发现旁边还有个买平安符的地方。

"这寺庙的业务范围还挺广。"林佑笑道。

他说归说，身体却很诚实地走上前，买了两个小小的平安符，这行为对林佑来说相当不酷。

林佑把其中一个护身符塞进了陆清岩的口袋里，眼中含着笑，说："如果有神明的话，这下满天神明都在替我保护你了。"

他说这话的时候站在一棵开花的树下。那花是粉色的，簌簌地飘下来几瓣，落在他的肩头。他穿着一身的白衬衫，衬着清俊如玉的面孔，身后是绿树红墙，颇有古典韵味。

那个粉蓝色的护身符被陆清岩攥在手里，上面的刺绣微微凸起，抓在手心里有点儿痒。

等他们转过身时，发现叶楠山他们已经解完签回来了。

他们在这寺庙里又转了一会儿，买了一点稍微有点儿特色的文创用品，就一起下山了。

山脚下开了不少餐厅，一行人也饿了，就随便挑了家装修不错的日料店走进去。

他们刚刚路过外头一个小门店，买了烤栗子，在等待菜品上来的时候，先剥烤栗子吃。

"其实，烤栗子还是应该冬天吃，就像烤红薯一样，"邵桉一边剥一边说，"这东西剥着真费劲，还没有红薯方便。"

话音刚落，他就发现对面的陆清岩把手里剥好的栗子放进了林佑的手里。林佑一口一个，吃得脸颊鼓鼓，还一脸淡然地看着他："还好吧，栗子好吃就行。"

——你有人剥好了，那当然是好吃就行……

邵桉扭头就给叶楠山剥了一个，说："叶哥，您看，我给您剥的栗子，它是不是格外香甜？"

叶楠山也剥了一个，回赠回去："当然，你剥的就是好吃。你再看我给你剥的这个，是不是格外圆润饱满？"

林佑对此嗤之以鼻。

他们吃饭吃到一半，外头突然下起了雨。

夏日的雨，总是来得毫无征兆，也毫无道理，一开始还是细细密密的雨丝，没一会儿就转成了瓢泼大雨。

他们这个座位正好靠着窗户，能看见外头的日式庭院。院子里有一个石头砌的水池，池子里是红头鲤鱼，现在全都躲到了石头下面。

他们也不急着走了，吃完饭便重新点了几杯饮料，坐在窗前看着这铺天盖地的雨，有一搭没一搭地聊天。

聊后天就要返校了，高三的教学楼离食堂最近了；聊学校门口的奶茶店又抬价了，杯子越来越小，价格倒是越来越高。

这个下午没什么特别的，只是有一群少年，在一个平常热烈的夏日来了寺庙，为自己一年后的未来祈福，又因为大雨而滞留店中，笑笑闹闹地讲七讲八。

很多年后，无论他们中的谁回忆起这一天，都觉得这个因大雨停留的下午，平淡无奇，却格外美好。

"我们刚刚写的小木牌会不会被淋湿？"周晓妮突然问。

他们刚刚下山前，在寺庙里看见了挂着小木牌的地方，花五块钱就能买个小木牌，做得小巧可爱，可以写字留念。

有人写自己的名字，也有情侣在上面表白，当然还有各种求暴富，求学业顺利的。

他们每个人都掏钱买了一个，挂在了树上。

"淋湿就淋湿吧。"叶楠山想得还挺开。他好奇地问其他人，"你们都写了啥？我写的求暴富。"

"你真虚伪，这时候不写求学习好了，"邵桉白他一眼，说，"我写的求平安。还有在大学里早日脱单。"

周晓妮和侯子成写的是想考一个心仪的大学，白鹭写的是万事顺遂，早日独立，大家各有各心愿，也各有目标。

"林哥、陆哥，你们写的啥？"他们问。

陆清岩和林佑笑了笑，互相看了一眼："保密。"

一群人又闹腾起来。

窗外的雨不知道何时才停，但又好像谁都不希望这雨就这么停下。

在山顶的寺庙里，因为绿荫的庇护，那一排排的小木牌上的字其实并没有怎么被弄花，只是颜色微深。

在很高的一个树枝上，挂着一个小木牌，上面是陆清岩苍劲有力的笔迹：愿年年岁岁如今日。

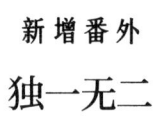

新增番外

独一无二

"我不会拿你去与任何人比较。"

林佑刚出生两个月，就被放进了陆清岩的小婴儿床里。因为比预产期稍微早了一点儿出生，他虽然养得白白嫩嫩，却不算壮实，包在天蓝色的小衣服里，含着手指，睡得很香。

　　陆清岩比林佑大四个月，虽然也还是个什么也不懂的小婴儿，却比林佑大了一圈。他睡觉时本来像个小霸王一样在床上滚来滚去，现在也不知道是不是身边多了个小弟弟，他居然睡得分外老实，一点儿也没动弹。

　　柳霜跟蒋念在旁边笑着看他们。

　　柳霜伸手轻轻碰了一下林佑的小手，软乎乎的，像豆腐。她笑盈盈地说道："小佑长得真好看，挑了你们的优点长，皮肤又白，抱出去都当是女孩子。"

　　蒋念笑道："我也以为是女孩子呢。怀他的时候一直很安静，心想再多个女孩也好。"她低头看林佑，帮他盖了盖小被子，嘴上却说，"多亏他长得好看，不然我就不要他了。"

　　柳霜拱了她一下："胡说八道，怎么当妈的？"

　　蒋念更乐了。

她们两个人本来就是闺密,坐在一块儿聊了一个下午,走的时候,蒋念却没有把林佑带走。

蒋念一出月子就回了工作岗位,经常跟林佑的爸爸出差。林斯予林斯哲这对双胞胎年纪大一点,可以由保姆照顾,林佑却太小了。

好在柳霈就住在隔壁,主动让她把林佑送来住。

出门的时候,蒋念望了望儿子,有点儿不舍。她对柳霈说:"辛苦你照顾他几天,等我出差回来就来接他。"

柳霈笑笑:"辛苦倒说不上,你家小佑这么可爱,在我家住一辈子都行。"

蒋念轻笑:"那我可不给。"

她们只当是闺密间随口一说,但谁也没想到,这话居然一语成谶。

蒋念和林蒙的工作太忙,他们家的三个孩子隔三岔五就住到陆家去,拜托柳霈照顾。

就这样过去了十几年,林斯予跟林斯哲还有陆北名都升入了高中,开始住宿。只剩下年纪最小的林佑,还在念初中,一直留在陆家。

初次来陆家拜访的人往往分不清,只知道陆家有两个男孩,每每看到林佑坐在陆清岩的身边吃零食的画面,都会夸奖一句:"这兄弟俩感情真好。"

柳霈也不解释,还接了下去:"对,小佑是弟弟,清岩是哥哥。"

客人点点头："看得出来，老大沉稳，老二活泼，两个人都长得一表人才。"

柳霑听了更得意了。

林佑对此也已经习惯了。

小学时，他往往要花上很长一段时间才能让同学们理解，为什么他跟陆清岩住在一起，却不是亲兄弟。

到了初中，他都懒得解释了，反正他跟老陆不分彼此。

林佑坐在树下吃冰激凌，他们今年初三了，但得益于主张自由快乐的学风，学业还不算紧张。

一放学，陆清岩被社团拉去开会了，林佑在操场边等他。

现在还是九月份，夏日的余温还没有退去，空气依旧燥热。

林佑吃着那个草莓味冰激凌，百无聊赖地眺望操场，有点儿心不在焉。

认识他的同学喊他一块儿玩球，他提不起劲，摇摇头说天热，怕动。

那同学看他一个人，也不急着回去打球了，抹了一把汗，问："怎么就你，陆清岩呢？"

林佑咬掉了最后一口冰激凌，含含糊糊地道："他开会呢。"

"哦！"那同学挠挠头，"平时都见你们在一块儿，像连体婴儿一样，看到你一个人还有点儿不习惯。"

林佑白了他一眼："哪有你说得这么夸张？"他看这人热得满头是汗，扔了瓶水过去，问，"喝吗？"

"喝。"他同学拿了水，干脆在他旁边坐下，一边喝一边说，"你别觉得夸张，你随便问问我们班的同学，哪个不是觉得陆哥对你好得离谱？他上学给你带零食、下雨给你打伞、上课睡觉给你打掩护、生病了陪你去医院。"

那同学想了想，补充道："亲哥都没这样的，我亲哥就会揍我。"

林佑笑了起来，也没反驳，只是道："那说明你欠揍。"

同学不乐意了，迅速回击："你怎么不说你没断奶呢？这么大人了，一直都是陆哥惯着你。等到大学他交女朋友了，你就没这好日子了。"

"老陆才不会这样。"林佑满不在乎，扬着下巴，气定神闲道，"倒是你，不好好学习，一天都想些什么。"

同学笑话他："以后他上大学，工作了，总会有女朋友的。你也会有，到时候你们就不会再这样黏在一起。"

林佑不说话了。

他同学这话也没错，现在他跟陆清岩还小，又是从小一起长大的兄弟，虽然不是亲的，但是跟亲生的也没什么分别了。

这么多年，他从牙牙学语的时候就跟陆清岩在一块儿，分过一块糕点，喝过一瓶牛奶，逃学了一起挨打，得了奖学金一块儿出游。

他从来没有想过陆清岩会离开他。

那同学不知道自己在林佑心里掀起了怎样的惊涛骇浪，咕咚咕咚喝完水，又问了林佑一遍："你真不打球吗？"

林佑皱着脸，忧郁地摇了摇头。

那同学觉得有点儿可惜，也没强迫林佑，拍拍屁股走了。

林佑不高兴地看着地面，心里有一股无名之火。

他知道同学说的是对的，这世上没有谁是离不开谁的。他的父母也很爱他，视他为掌中瑰宝，但因为工作，还是选择离开了他，以至于他一年都见不了父母几次面。

在这些不得已面前，他只能往后排。

陆清岩也一样。

现在陆清岩让着他、惯着他。如果有一天，出现一个对陆清岩更重要的人，他就得排到第二位，甚至第三位了。

天色渐黑，陆清岩结束会议，赶来操场旁。

操场上还有很多人，女孩子成群结队地在赛道上跑步，跑得脸都红了，男生们从旁边经过，相熟的会笑闹两声，引来一个白眼和一句"滚开"。

但陆清岩的视线却越过人群，一眼就锁定了树下的林佑。

从小时候起他就是这样，哪怕幼儿园的小朋友都穿着一样的衣服，戴着一样的帽子，他也能精准地从一堆小萝卜头里揪出在打瞌睡的林佑。

陆清岩走到林佑面前，见他还在出神，便伸手在林佑耳边打了个响指："想什么呢？"

林佑这才发现陆清岩站在自己面前。

"没什么。"林佑从椅子上站起来，拍了拍身上，抱怨道，

"等你等得太无聊了。"

陆清岩笑了笑："刚才的讨论时间延长了，本来可以早点结束的。现在带你回家，妈妈晚上做了炸排骨。"

这是林佑这天早上出门点名要吃的菜，但是现在听见陆清岩这么说，只是兴致缺缺地"哦"了一声。

陆清岩敏锐地察觉到林佑兴致不高。

回到家里，林佑倒还是跟柳霈说说笑笑，饭也没少吃一口。但是到了晚上做作业的时候，他却一反常态地回了自己房间，而不是在陆清岩房间和他一起写作业。

这下子，连柳霈都瞧出不对了。她敷着面膜问陆清岩："你今天这天惹着他了吗？"

陆清岩一脸茫然，认认真真地从早上出门开始反省，实在想不起自己到底哪里让林佑不开心了。

林佑平时写作业都很快，这天写一会儿就在草稿纸上乱画。

他在房间里闷了一个多小时，作业也写得差不多了，决定偷偷溜去厨房拿个冰激凌。

这家中只有他最喜欢吃冷饮，所以那一柜子的冰激凌几乎都是给他准备的。

林佑趴在那儿，像小老鼠一样在里面挑挑拣拣，最后拿了个白桃味的雪糕出来。他还没来得及吃，只是刚掀开盖子，转过身就发现陆清岩在背后盯着他，吓得雪糕差点儿掉地上。

陆清岩伸出手，及时托住了那个雪糕，避免它掉落在厨房的地板上，然后塞回林佑手里。

　　林佑惊魂未定："你干吗？！突然站在背后吓人？"

　　陆清岩觉得冤枉："我早就来了，你忙着选冰激凌，没注意我。"

　　林佑鼓了鼓脸，找不了碴儿，只能推推陆清岩，跟他说："别挡道，我要出去。"

　　事实上厨房宽敞得很，别说一个陆清岩，十个陆清岩也堵不了他出去的路。

　　陆清岩好脾气地让开，也跟着林佑出去了。林佑在沙发上坐下吃冰激凌，他也坐下，在一旁盯着林佑看。

　　林佑被他盯得浑身不自在，挖着雪糕，含糊地问："你看我干吗？"

　　陆清岩轻笑一声："看你跟我闹什么别扭。今天从进门就没怎么理过我，但我前思后想，我好像也没惹你吧？"

　　林佑一噎，有点儿说不出话来。他低下头，道："谁躲你了？我不是好好的吗？"

　　他话还没说完，就被陆清岩一把拖了过去。这沙发很宽，他被陆清岩拽得只能侧坐，不得不与陆清岩面面相对。

　　陆清岩坐着也比他高，垂眼看着他，带着一点儿居高临下的意味道："没躲我你离我这么远？回来还把门关上了。怎么，长大了，叛逆期到了？"

　　林佑不服气。陆清岩就比他大了几天，怎么一副要给他当哥教育他的样子。

但他抬眼触及陆清岩肃然的视线，又有点儿怂，腰杆也硬不起来了，掩饰一样摸了摸鼻子。

陆清岩也不跟林佑绕弯了，就算是生闷气，一晚上也该闹够了。

他微微低下头，与林佑的视线平齐，放缓了声音："到底是怎么了？我哪儿说话惹你了，还是放学让你等太久了？"

陆清岩不提放学还好，提到这个，林佑脸色一变。

他其实并没有跟陆清岩生气，只是思前想后，觉得他同学说得有道理。

他太依赖陆清岩了。

要是他跟陆清岩再像双胞胎一样亲密无间，也是独立的个体，以后会有各自的生活。

如果他总这样依赖陆清岩，也许有一天，等到陆清岩已经成熟从容的时候，他还像小孩子一样依赖着对方，给陆清岩添乱，那是不对的。

他很清楚不该这样影响陆清岩，所以他才想提前适应适应，不能再这样总是跟陆清岩待在一块儿了，总得给对方留点空间。

他本来不想把这些内心想法告诉陆清岩的，但是看到陆清岩如此温柔地看着他，眼睛里藏着担忧，他又不争气地觉得委屈。

这让他无法对陆清岩撒谎。

"也不是大事……"他咕哝道，然后一五一十把傍晚发生的事情告诉了陆清岩。

陆清岩听完林佑的话哑然失笑。他没想到闹了半天，症结居然在这里。

林佑认为自己早晚有一天会离开他，会不再跟他这样亲密无间，所以要提前适应。

"你就在想这个？"陆清岩有点儿无奈地揉了揉林佑的头发，哭笑不得地道，"还不如想想怎么数学再多考几分呢。"

林佑乌溜溜的眼睛看着他，也没接话。

这么多年过去了，明明一样的岁数，同吃同住，如影随形，林佑却因为肤色白，身材清瘦，看上去总比陆清岩要小一点。尤其是他这样闭着嘴不说话，安静看人的时候看上去会有种难得的乖巧。

陆清岩被看得心一软。

那杯雪糕放在了桌子上，在室温里慢慢融化了，空气中弥漫着一股甜蜜的白桃味儿。

陆清岩沉思了一下，说："没有人可以预见未来，但小佑，我可以跟你保证，我不会离开你，也不会疏远你。

"我知道你觉得我生命中以后还会出现其他人，可是小佑，你是我从小一起长大的家人，你出生没多久就被抱来了我身边，你第一次换牙是找我安慰，你第一次领奖是我陪着，你学游泳也是我教的……我几乎参与了你前面的全部人生。"

他认真地看着林佑道："不管未来我会遇见什么事，遇到哪些人,我不会拿你去与任何人比较。

"你在我心中是有专属位置的,你是我的弟弟,就算我们没有血缘关系,在我这里,你独一无二。"

林佑一开始还抿着嘴听陆清岩这番剖白,听到后面,开始错愕起来。

他理智上能接受和陆清岩以后因为某些不得已的原因渐行渐远,可他心底又像孩子一样无理取闹,巴不得陆清岩永远都是对他最好的哥哥。

如今陆清岩这样郑重地对他承诺,他理性上觉得陆清岩是在安慰他,但心里又不由自主地感到了开心。

"真的吗?"他低声问。

"真的,你如果不信,我们走着瞧。"陆清岩像是故意逗他。

林佑扑哧一声笑了,说:"那就走着瞧。"

这世上没有任何东西可以预测,但是此刻,他选择相信陆清岩。